ふわりと漂ってきた香りに、
なぜか胸が激しく高鳴る。
おかしい、これはおかしいわ。

ヴィオラ・ヒルシュタイン
公爵令嬢。
調香が趣味で、三度の飯より植物が
好きな才女。アレクシスとは悪友の
関係だったはずが……!?
アレクシス・レクナード
第二王子。
自由人で楽しいことが大好きな性格。
気兼ねなく話せるヴィオラと過ごすうちに
彼女に惹かれていく。
Character

リーフ
ヴィオラが幼い頃に契約した
植物の精霊。記憶がないため、
自分のことがよくわからない。
リシャール・ログワーツ
極寒地帯を治める伯爵家の嫡男。
不器用だが真面目で心優しく領民想い。
ヴィオラの婚約者だったがマリエッタに
惹かれていくようになる。
マリエッタ・ヒルシュタイン
ヴィオラの妹。
姉のヴィオラのことが大好きなしたたか
令嬢。ヴィオラから婚約者を奪って
結婚にこぎつけるが……。

CONTENTS

A YOUNG LADY WITH A REASON
WANTS TO ENJOY HER LIFE AS A PERFUMER!

『1』
訳あり令嬢は
調香生活を満喫したい！
妹に婚約者を譲ったら悪友王子に求婚されて、香り改革を始めることに!?
花宵
Illusut. 澄あゆみ

第一章　悪友王子に求婚された

この温室とも、あと少しでお別れなのね……。

結婚を半年後に控え、感傷に浸りながら大切に育ててきた花たちの世話をしていると、バタンと勢《いきお》いよく扉を開ける音が耳に入った。

振り返ると王都では珍しい銀髪を視界に捉える。

そこには一つ年下の婚約者、リシャールの姿があった。学園帰りに寄ったようで、制服を着たまま額に汗を滲《にじ》ませ、切羽詰《せっぱつ》まった顔をして立っている。

「すまない、ヴィオラ。君との婚約を解消させてもらえないだろうか」

そう言ってリシャールは、頭を下げた。

北の極寒地帯であるログワーツ領を治める伯爵子息の彼は、領民を大切にし、真面目で不器用ながらも優しい男だった。きっと何か理由があるのだろう。

まぁ、彼の背中からこちらを窺うように、ひょっこりと顔を出している妹マリエッタの姿を見れば、理由はなんとなく予想が付く。おそらく学園から一緒に帰ってきたのだろう。

「理由を聞かせてもらっても、よろしいかしら？」

「俺は……真実の愛を、見つけてしまったんだ」

「えーっとお相手は……その後ろにいる……」

「君の妹のマリエッタだ」

正直またか、という感想が一番に思い浮かんでしまうくらいには慣れてしまったこの状況だけど、今回ばかりは感謝したい！

だってマリエッタが代わりにログワーツ領へ嫁いでくれるなら、私はまだこの温室で大好きな花たちに囲まれて調香を楽しむことができるんだもの！

「お姉様、ごめんなさい！　でも私、どうしてもリシャール様を諦められないの。真実の愛に目覚めてしまったの。私はきっと彼に出会うために生まれてきたの。そう思えるくらい、愛してしまったの」

緑色の大きな瞳を潤ませ、泣きながら許しを請うマリエッタ。

そんな庇護《ひご》欲《よく》をそそる彼女の細い腰に手を添えて、隣で優しく支えるリシャール。

二人の姿は、はたからみると仲のいい恋人同士にしか見えないだろう。

そしてそれを見下ろす私の姿は、マリエッタをいじめて泣かせる悪女のようにでも映ってしまうのかもしれない。

恨めしい、威圧感のある顔の作り！

お父様譲りの私の顔は、凛々しいとか精悍とか、悲しいことに昔から女性には向いていない言葉で形容されることが多いのだ。

安心して、マリエッタ。お姉ちゃんはまったく怒ってないのよ！

むしろ、こちらがお礼を言いたいくらいだわ！

でも『婚約を解消してくれてありがとう』なんて言っては、リシャールに失礼よね。

さすがにここでは言えないわ。

うちの家系は貴族の中では珍しく、両親も真実の愛で結ばれた方々だ。

お母様を亡くしたあとも、後妻を迎えることなくお父様はお母様を愛し続けておられる。

だから『真実の愛に目覚めた』と言えば、お父様は相手が誰であろうと耳を傾けてくれる。

ただ心配なのは、これが初めてではないということ。妹はとても恋多き女性で、そうやっていつも『真実の愛に目覚めてしまった』と私の婚約者と恋に落ちる。

残念なことに、その前に二回ほど目覚めた真実の愛はあまり長続きしなかった。

マリエッタは昔から、少々飽きっぽいところがある。綺麗に着飾ることが大好きだったマリエッタは、私の持つドレスやアクセサリーに靴と、色んなものを欲しがってきた。

『おねえさまみたいに、わたしもきれいになりたい！』

キラキラした瞳で、可愛い妹にそう言われたら悪い気はしない。

それに私は成長が早くてすぐに裾が足りなくなった。どうせサイズが小さくなって着れなくなっていくものだし、彼女が望むままそれらをあげてきた。

大事にしてくれるのならよかったのだけれど、マリエッタは自分のものになった瞬間、興味をなくしてしまうところがある。それは恋も一緒で、今までの婚約者とも、別れる際に色々いざこざがあって、後処理にお父様が手を焼いていたのよね。

さすがに三度目ともなれば、間違いでしたではもうすまないだろう。

お父様が修道院の資料を集めているのを私は見てしまった。

次何か不祥事を起こそうものなら、マリエッタは修道院に送られてしまうかもしれない。

結婚という牢獄から私を救ってくれる救世主様を、そんな目に遭わせるわけにはいかないわ。

「マリエッタ、ログワーツはとても寒いところなの。ここことは違って生活も不便な点が多々あるわ。食事だって……」

「お姉様は私を諦めさせたいから、そのようなことを仰るのですか？」

あちゃー、意地悪言ってると思われてしまった。

「違うわ、貴女に本当の覚悟があるのか確かめているのよ。何があっても、リシャールと一生を添い遂げる覚悟があるのね？」

「はい、もちろんです！　心からリシャール様をお慕いしています」

マリエッタが力強く頷くと、薄い桃色をした絹のように滑らかな長髪が肩からさらりとこぼれ落ちる。

どうやら妹の意思はとても固いようだ。マイナス面も考慮した上で、それでも一緒にいたいっていうのなら、これ以上水を差すのは野暮《やぼ》というもの。

「ヴィオラ、本当にすまない。誠に勝手な願いなのはわかっているが、俺は心からマリエッタを愛している。だからどうか、婚約を解消させてほしい」

苦渋に顔を歪ませるリシャールの青い瞳の奥には、揺るぎない覚悟が垣間見える。それだけ本気なのだろう。逆に謝られすぎて少し気の毒になってきた。私は万々歳で歓迎なのに。

「わかったわ。愛し合う二人を引き裂くのはかわいそうだもの。私との婚約を解消して、マリエッタと新たに婚約するといいわ」

「ありがとう、お姉様！　私、リシャール様と幸せになるわ！」

「ヴィオラ、今までありがとう。マリエッタは俺が必ず幸せにするから、安心してくれ！」

「ええ、マリエッタ。今度こそ幸せになりなさい。リシャール、妹のこと頼んだわね」

「ああ、任せてくれ！」

二人を笑顔で見送ったあと、母の大好きだったブルースターの花壇の前に腰を下ろし、花びらをそっと撫でる。

「お母様。マリエッタが幸せになれるように、どうか天国から見守っててくださいね」

彼に嫁げば絶対に苦労することが目に見えてわかる、北の極寒地帯へ行かねばならない。

それに加えて閉鎖的で独自の風習があるというログワーツでの生活は、とても過酷だと本で読んで勉強した。水の上級精霊ウンディーネ様の加護があるとはいえ、魔道具で便利な生活を送る王都に比べたら交通や流通も不便。

他領との交易もしづらい場所での生活は、何かと苦労することが多いだろう。

領地を立て直すために、ログワーツ伯爵家は格式高い家門との縁談を求めていた。

しかしどこの家門も、そのような支援目的でマイナス条件の多い縁談を受けるはずがない。

そこで手を挙げたのが、ヒルシュタイン公爵であるお父様だった。

お父様はリシャールの誠実で優しい人柄を大変気に入っていた。

二度も婚約を解消したいわく付きの私にはいい縁談なんて期待できるはずもなく、それならばせめて人柄のいい男性をと紹介してくれたのがリシャールだった。

もちろん無理強いすることはなく、マイナス面もきちんと話してくださった上で、私がなるべく苦労しないよう、多額の持参金で支援して送り出してくださる予定だった。

正直、結婚なんてしなくてもいいと思っていた。

それでもこの婚約を受けたのは、『命の恩人である前ログワーツ伯爵の恩義に少しでも報いたい』というお父様の願いを叶えてあげたかったからだった。

大した娯楽もない田舎の極寒地帯など、マリエッタは絶対に嫌がるのが目に見えていたし、可愛い妹をそんな過酷な環境に嫁がせたくもなかった。だからこうやって二人が相思相愛になって結ばれてくれたのは、もはや奇跡としか言いようがない。

ぶっちゃけ花嫁が交代しようが、多額の持参金さえあれば向こうは問題ないだろう。

そこに『真実の愛』の力が加われば、向かうところ敵なしに違いない！

ありがとう、マリエッタ。真実の愛に目覚めてくれて！

お姉ちゃんは、貴女の愛の行方を温かく見守っているからね。

❖❖❖

数日後、私は郊外にある寂れた神殿を訪れた。

石垣と木々に囲まれたこのラムール神殿は、閑散としていて来訪者も少ない。

なるべく目立たないこの場所へ来た理由は一つ——誰の目にも付かないよう、リシャールとの婚約を正式に解消する手続きを行うためだ。

九月も中旬になれば、少し冷えるわね。コートを羽織ってくればよかったかしら。

馬車を降りて正門をくぐると、落ち葉の絨毯が完成していた。

歩く度にザクザクと音がして、道と庭の区別すら付かない。

奉られている精霊像まで落ち葉が積もっているし、このままではバチが当たりそうね。

レクナード王国は精霊と共存して栄えてきた国。

精霊はあらゆる天変地異を制御して世界の均衡を保ち、私たちがこの地に住めるよう環境を整え守ってくれている。このように蔑《ないがし》ろにしていい存在じゃないわけだけど、神官様がご高齢で手入れが行き届いていないのね。

「それならば……フェアラクール」

植物魔法で積もる落ち葉たちに干渉し、道の左右に整列するよう命じる。

綺麗になった精霊像と歩きやすくなった道を見て、ほっと一息ついた。

（リーフ、力を貸してくれてありがとう）

温室で日向ぼっこをしているであろう大切な精霊の友達に、心の中で感謝を伝える。

突然パチパチと拍手が聞こえて振り返ると、フロックコートに身を包んだリシャールが感心した様子でこちらを眺めていた。

「相変わらず見事な魔法だな。まるで落ち葉の舞を見ているかのようだった」

まだ精霊と契約したことのないリシャールにとったら、珍しい光景だったのかもしれないけど、来てたんなら先に声をかけなさいよ！

内心で軽く悪態をつきつつ、私は平静を装って声をかけた。

「貴方はいずれ伯爵から、ウンディーネ様との契約を引き継ぐのでしょう？　そうすれば立派な水魔法を使えるようになるじゃない」

魔法は精霊や精霊獣と契約した者だけが使える特別な力で、誰でも使えるわけじゃない。

私みたいに波長の合う精霊と運良く巡り会って契約することもあれば、ログワーツ伯爵家のようにその地を治める領主に代々受け継がれる契約もある。

その形は精霊と人間の関係性によって千差万別なのだ。

「あ、ああ……そう、だな……」

なんでそんなに歯切れが悪いのかしら？

まぁいいわ。誰かに見られても面倒だし、さっさとやるべきことを終わらせよう。

「行きましょう」

「ああ。苦労をかけてすまないな」

目的を果たすべく、リシャールと共に神殿の中へと足を踏み入れた。

このレクナード王国において、誓約とはとても重たい意味を持つ。神の前で誓った契約を一方的に破ることは許されないし、一度結んだ契約は両者の同意なく解消することもできない。

まぁ実際のところ怖いのは神ではなく、誓約の時に交わす特別な魔法契約のほうだ。神殿には光属性の精霊と契約を交わした聖職者がいて、全ての誓約は光魔法の下《もと》で締結される。

もし誓約を破ってしまえば、全精霊の加護を失ってしまう。

それがどれほど怖いことかというと、いつ死んでもおかしくないレベルで危険なのだ。

精霊に守ってもらえない＝どこでいつ災害に巻き込まれてもおかしくない。竜巻、洪水、地震、落雷、火事など、死因は様々。常に自然災害に怯えながら死と隣り合わせの生活なんて嫌だ。

婚約も誓約にあたるため、解消するには双方の同意の上でやらなければならない。

いくら面倒でも、正規の手続きを踏んで解消しておく必要があるのだ。

神官様の前で婚約解消の書類にサインをすませ、魔法契約が無事に解消されたのを見届ける。

証拠の書類をきちんと受け取り、私とリシャールは晴れて赤の他人となった。

まぁ、義理姉になる日も近いんだけどね。

「それじゃあ、リシャール。妹のこと頼んだわね」

「ああ、もちろんだ！」

これからマリエッタと結婚式場の見学に行くようで、リシャールは足早に去っていった。

一緒に神殿を出るところを誰かに見られても厄介だし、聖堂内を見学しながらゆっくり歩いて出口に向かう。するとなんとも嫌なタイミングで目の前の扉が開き、輝く金色の髪を靡《なび》かせた男の姿が目に入る。ラフな装いが板に付いたよく見知った人物との遭遇に、思わず顔がひきつる。

「あれれ、ヴィオ。こんなところで何をしてるんだい？」

レクナード王国第二王子のアレクシス・レクナード。

眉目秀麗で優しく温厚な王子様だと、世間からの評判はいい。しかしその実《じつ》のらりくらりとしたこの自由人のアレクとは昔からの腐れ縁で、言わば悪友のような関係だった。

だってなぜか、平民のふりして城下でこっそり買い物してる時に限ってよく会うのよね。

向こうも平民のふりをしてるから、お互い身分を気にせず気楽に接しているうちにそうなった。

首をかしげながらこちらの様子を窺うアレクは現に今も、とても王子と呼べる風貌ではない。

なんとも神出鬼没な奴だった。

彼の紫色の双眼がめざとくも私の持つ書類に向いていることに気付き、慌てて背中に隠す。

三度目の婚約を解消しただなんて知られたら、色々面倒だわ！

「べ、別に。少しお祈りに来ただけよ」

「へぇー、神なんて信じてない君が？　わざわざお祈りに？」

くっ、痛いところをついてくるわね。

「そんなことより、アレク。貴方こそ、何してるのよ？」

話題を逸らす作戦決行！　しかし……アレクの好奇心旺盛さに勝てるはずもなかった。

「神官に用があってねー。それより、さっき何か隠したよね？」

「いいえ、何も！」

「いいや、僕はしっかり見てたよ。白状しなよ」

私より背の高いアレクは、ひょいっと長い手を伸ばして私が隠した紙をとってしまった。

「ちょっと、アレク！　返しなさい！」

「安心して、見たら返すよー？　ふーむ、なになに……あれ、ヴィオ。また婚約解消したの？」

あーもう！　面倒くさい男にばれてしまった。

しばらく社交界もお休みして、悠々自適な調香ライフを送ろうとしてたのに！

「そうよ、わかったら返して」

「もしかして、また……例のあれ？」

「ええ、そうよ。今度は本当の真実の愛、らしいわ」

今までの事情を知っているアレクも、さすがに三回目があることに驚いているようだ。

「僕思うんだけど、本当の真実の愛で結ばれているのはマリエッタ嬢と君なんじゃ……」

「何馬鹿なこと言ってるのよ」

「だってさ、マリエッタ嬢の君への執着やばくない？　普通、姉の婚約者を三回も奪う？」

「真実の愛とは、人を盲目にしてしまうのかしらね……」

昔はすごく私に懐いてくれていたマリエッタ。どこに行くにも『お姉様と一緒がいいの！』って、そばにべっとりだったわね。

少しずつ距離ができ始めたのは、私に婚約者ができてからだったかしら。

マリエッタと遊んであげる時間が減って、寂しい思いをさせてしまったのかもしれない。

いつの間にか婚約者とマリエッタが仲良くなっていて、それで『真実の愛に目覚めてしまったの、ごめんなさい』と謝られて。

正直初恋もまだの私にとってみたら、そういう風に一途に誰かを想うことのできるマリエッタが少し羨ましかったわね。

「そっか、またフリーになっちゃったんだね。ヴィオ、かわいそうに……」

よしよしと小さい子をあやすかのように、アレクは私の頭を撫でた。

ヒールを履くと大抵の男性は私と同じか少し低くなってしまう。

だから相手に気を遣って、一緒の時はなるべくヒールが低いものを選んでいた。けれど何も気にせず外出した先で、こうして子どものように頭を撫でられるなんて複雑な気分だわ。

「もともとお父様の願いを叶えてあげたくて引き受けた婚約だったし、マリエッタが幸せになってくれるならいいの」

「そうだったの？　じゃあ、伯爵子息のことを好きだったわけじゃ……」

「ないない。私には真実の愛なんて見つからないと思うし、結婚なんて別にしなくてもいいわ」

真実の愛に目覚めたマリエッタですら、そんなに長続きしなかったんだもの。

まぁ、相手の男性にも色々問題があったみたいだし、仕方ないわよね。

「案外、近場にあったりするかもよ?」

「そうね。でも残念なことに、私の王子様は皆短命ですぐに枯れてしまうのよ。それでも刹那の時を懸命に生きる彼等の姿に、私は大いなる希望と勇気をもらっているわ」

今まで生きてきた中で私が心を一番ときめかせた瞬間、それは初めて育てた花が咲いた瞬間だったわね。花の植え方をお母様が教えてくださって、今でも昨日のことのようにあの感動を思い出せる。そして枯れた時に味わった失恋の痛みも！

「本当に君は、植物にしか興味がないんだね」と、アレクが苦笑いをもらす。

「植物は偉大なのよ。煎じて飲めば美味しいし、抽出した精油には様々な恩恵があって香りもいいし、すりつぶせばお薬にだってなるのよ」

「将来の夢は田舎でスローライフだっけ？　中身は老婆だったり……」

「いいじゃない。のどかな場所でのんびり植物でも愛《め》でながら暮らせたら最高ね。世界にはまだ珍しい花もたくさんあるし、新しい精油を作ってコレクションしていきたいわ」

「そうだヴィオ、また僕に香水作ってくれる？」

「ええ、いいわよ。アレク、私の作った香水すごく気に入ってくれてたからね」

「あれは本当に素晴らしかった。それに……君が僕のために作ってくれたものでもあったから、余計に嬉しかったんだよ」

「急にどうしたのよ、褒めても何もでないわよ？」

調香が趣味の私はよく、花やハーブから抽出した精油をブレンドして、アロマクラフトを楽しんでいる。アレクの誕生日にオリジナルの香水をプレゼントしたら、すごく喜んでくれたんだよね。香りって好みが分かれるから、内心ドキドキしながら渡したの懐かしいな。

「それよりアレク、あんまりサボってるとこわーい兄上にまた怒られるわよ」

第一王子のウィルフレッド様は、まぁ色々真面目で厳しいお方なのだ。

自由人のアレクは、そんな兄上にひーひー言いながら公務を手伝っていた。

アレクとの最初の出会いは、そんな怖いお兄様がきっかけだったのよね。

八歳の頃――とあるパーティーの途中、人気のない裏庭でうずくまって地面に落書きをしている男の子と出会った。何を描いているのか気になって近付いても、彼は絵に夢中で気付かない。

前に腰を下ろし『面白い絵ね。これは誰？』と声をかけて、ようやく男の子は顔を上げた。

男の子は驚いた様子で紫色の目を丸くしたあと、口を尖らせて答えてくれた。

『怒った顔の兄上だよ。悪魔みたいに怖いんだ。夜中に遭遇したら、裸足で逃げちゃうよ』

何があったのか聞くと、机に向かってばかりの兄に少しは身体を動かしてもらおうと、誕生日にボールをプレゼントしたらしい。すると『遊んでばかりいないで、お前も少しは勉強しろ』と怒られたようで、男の子はぶすっと頬を膨らませていた。

当時兄や妹との関係に悩んでいた私には、そうして不満を露《あらわ》にするアレクに親近感がわいた。

『あ、ここで見たものは、内緒にしてくれる？　じゃないと僕、また兄上に怒られちゃうよ』

『わかったわ。お互い、兄妹には苦労してるのね』

『君も、何か兄妹のことで悩みがあるの？』

『ここだけの話だけど、実はね……』

私たちはお互いに、王家と公爵家というそれなりの身分の家庭に生まれてしまったものだから、迂闊に愚痴なんて言えやしない。さらに兄と妹がいる彼とは自然と馬が合って、その時は素直に胸の内を語ることができた。

それからたまたま会った時に、この場だけの秘密の話として、お互いに兄妹の愚痴をこぼして雑談するようになったのよね。

「そうだった。早くこの書簡を神官に届けてこないと！」

狼狽《うろた》えるアレクを見て、「相変わらずね、早くいってらっしゃい」と私は笑いながら見送った。

ウィルフレッド様が見ていたら、廊下を走るなと怒りそうね。

慌ただしく遠ざかっていく背中を眺めていたら、なぜか彼はピタッと足を止めた。

「そうだヴィオ。暇な時、第三回慰めパーティーでもしよう？」

くるっとこちらを振り返って話しかけてくるアレクに、「別に悲しんでないわよ！」と条件反射で言葉を返す。

「それなら、婚約解消祝勝会？」

「まだそっちのほうがいいわね」

「わかった、じゃあそれで！」

本当になんというか、慌ただしい人ね。でも、アレクのおかげて少し心が軽くなったわ。

どうせ社交界では、腫れ物を扱うような同情の眼差しが寄せられるだけだろうし。

私は別に悲しんでない。むしろ、喜んでいるのよって気持ちをわかってくれるのはきっと、アレクだけだろうしね。


「無事に終わりました」

ラムール神殿から帰宅した私は、お父様の執務室を訪れていた。婚約解消の証明書を手渡すと、お父様は長い睫の奥で蜂蜜色の瞳を揺らし、くしゃりと顔を歪めた。

「ヴィオラ、毎回お前にばかり苦労をかけてすまないな」

「私は大丈夫です、お父様」

今までお父様は、私に無理強いしたことは一度もない。婚約者候補を紹介する時もきちんと説明をしてくれたし、私が承諾した上で婚約を結んできた。

もちろん解消する時も、私の意思をまず最初に尊重してくれた。神殿に足を運ぶことくらい、なんでもないのに。

「今はゆっくり休みなさい。お前が望むなら、ずっとここにいてもいいんだぞ」

「はい、ありがとうございます」

社交界をお休みして悠々自適な調香生活！　といきたいところだけど、家督を継ぐのはレイモンドお兄様だと決まっている。このまま結婚もせず私が公爵家に居座り続けたら、将来的にお兄様のご迷惑になるだろう。

壁に飾られたお母様の肖像画を見て、胸の奥がズキンと痛む。

私はお兄様に、取り返しのつかない傷を付けてしまったのだから……。

優しいお父様の言葉に甘え続けるわけにはいかない。今のうちに自立して生活する方法を探す必要があるわね。

「マリエッタも、これで落ち着いてくれるといいんだがな……」

「もう結婚式の準備も進めてますし、きっと大丈夫ですよ」

マリエッタとリシャールは私より一つ年下で、まだ学生だ。リシャールの卒業と同時に嫁ぐ予定で、その予定はそのままマリエッタに引き継がれた。

結婚式まであと半年。短い準備期間だけど、本人は楽しそうに準備してるし大丈夫だろう。

「そうだな」と小さくため息を落とされたお父様は、どことなく元気がないように見える。

それもそうよね。お母様を亡くしてからお父様は、男手一つで私たちを育ててくださった。

ジークフリード・ヒルシュタイン――王国を守護する火の上級精霊イフリート様と契約した赤髪の英雄。通称【炎帝】と親しまれるお父様は、レクナード王国では子どもでも知っている有名人だ。

今では王国騎士団の団長職を兼任しながら、ヒルシュタイン公爵領も治めておられる。領地はレイモンドお兄様が領主代理として補佐しているとはいえ、忙しいのは明白だ。

それに加えてマリエッタが私の婚約者と真実の愛に目覚める度に、先方への謝罪と婚約者交代の説明に書類の準備に手続きまで。精神的にも肉体的にも負担がかかるはずだわ。

「お父様、お疲れですよね？　明日から遠征に向かわれるのに、顔色が……」

「最近、あまり眠れてなくてな」

「よかったらお父様専用に、安眠効果のあるアロマを調合しましょうか？」

「いいのか？　ヴィオラの調合してくれるアロマグッズは効果抜群だからな！」

「喜んでもらえるなら何よりです。寝付きの悪さの他に、気になる症状はございますか？」

「そうだな、何かしてないと心が落ち着かなくてそわそわするんだ。それに、夜中に何度か目を覚ますことも多いな」

「わかりました。それらの緩和効果があるものを作ってきますね」

「ありがとう。助かるよ、ヴィオラ」

大好きな調香でお父様の役に立てるなら、これほど嬉しいことはないわ！

一旦部屋に戻り、外出着のワンピースを脱いでいつもの軽装に着替え、白衣を羽織る。

特別な魔法布で作られたこの白衣や黒いタイツは耐久性に優れ、あらゆる外敵からの攻撃を弾いてくれる上に汚れにくい。ショートパンツとブーツを履けば、動きやすくて作業もしやすいから重宝してるのよね。

お母様譲りの長いオリーブ色の髪を無造作に束ねていると、ノックがして扉が開く。

こちらを見て血相を変えた侍女のミリアが、「私がやります！」と肩上で切り揃えられた茶髪を揺らしながら駆け寄ってきた。

「ありがとう、ミリア。でも別に凝った髪型にする必要ないわよ？」

「心得ておりますよ、お嬢様。作業仕様に凛々しく仕上げます！」

軽装に着替えると、なぜかミリアは私を男装の麗人に仕立て上げようとするのよね。

いかがでしょうかと澄んだ碧色の目を輝かせるミリアは案の定――。

「巷で話題のロマンス小説のヒーロー、オスカル様のように仕上げてみました！　お嬢様の美しい金色の瞳と相まって、本当に素敵です！」

鏡に映る自身の姿を見て思わず苦笑いがもれる。高い位置で一つに結い上げられた髪型は確かにシンプルなんだけど、なぜそこに寄せてくるのよ！　目の色が一緒だから？

作業はしやすくなったし、まぁいいわ。ここで失言をしようものなら、ミリアは延々と私が納得するまでその素晴らしさを述べ続けるだろう。

暇ならいくらでも付き合えるけど、今は時間が惜しい。お礼を言って私は部屋をあとにした。

向かうのは最高級の癒し空間。調香専用の作業部屋が併設された私自慢の温室だ。

「ヴィオ、おかえりー！」

もふもふの白い尻尾を左右に振りながら、短い前足をぴんと伸ばしてリーフがこちらに飛び付いてくる。頭を擦り寄せてくる可愛いこの白狐は、幼い頃に私と契約を交わしてくれた植物の精霊だ。

「ただいま、リーフ。さっきは力を貸してくれてありがとう」

「えへへ、ヴィオのやくにたてたならうれしい！」

頭を撫でると、リーフは気持ちよさそうに翡翠《ひすい》色の目を細めた。

今でこそこうして無邪気に笑ってくれるようになったけど、出会ったばかりの頃は傷だらけのボロボロ状態で庭に倒れていて、色々大変だったのよね。

精霊は自然のものや、長年大事にされてきたものを核として生まれる。草花や鉱石、篝火《かがりび》や朝露、使い込まれた道具など、核の種類は様々で、それに応じた属性の精霊になる。

普通なら精霊はその核となった宿り木の記憶を持っているけど、リーフは本来持つはずの記憶を持たず、名前さえも覚えていなかった。額にある木葉の紋様から何かの植物の精霊というのはわかったけれど、実際のところ未《いま》だに多くが謎に包まれているのよね。

何もわからなくて怯えるこの子にリーフと名付けて、絵本を読み少しずつ言葉を教えてあげた。するとと覚えたての言葉で、リーフは私と約束してくれた。

「だってぼくたちは、トモダチだもん！」

たとえ何があってもずっと友達――『メイユールアミィ』だと。それが私たちが交わした大切な契約だ。

「そうね、いつもありがとう」

「ぼくもヴィオといっしょに、おそとにいけたらいいんだけどな……」

記憶を失う前によほど怖い目に遭ったのか、リーフは未だに屋敷の外に出ることができない。

しゅんと悲しそうに三角の耳を伏せてしまったリーフに、私は明るく声をかけた。

「無理しなくていいのよ。それよりリーフ、今からお父様へのプレゼントを作るの。よかったら手伝ってくれない？」

「うん、もちろん！　なにをつくるの？」

「最近よく眠れないみたいで、癒し効果のあるアロマキャンドルを作ろうと思ってるの」

説明をしながら私は奥の作業部屋に移動した。

抱えていたリーフをそっと作業台の隅に下ろすと、彼は目を丸くして尋ねてくる。

「おとうさま、だいじ？　しんぱい？」

私以外の人間の前に姿を現さないリーフは、遠目にしか家族の姿を見たことがない。

だから彼が興味を示してくれた時は、少しずつ家族のことを教えてあげている。

「ええ、大事よ。お父様は国を守るために戦う騎士様なの。もし凶悪な魔族と対峙しても皆を守れるように、いつまでも健康でいてほしいのよ」

「ヴィオのだいじなもの、ぼくもだいじにしたい。だからぼくもがんばる！」

「ありがとう、リーフ。とても心強いわ」

リーフの祝福が得られるなら、効き目の心配はしなくてもよさそうね。

お父様の寝付きの悪さと眠りの浅さは、不安からくる過度な興奮による心労が原因だと思う。

ブレンドする精油は、優れた鎮静作用を持つベルガモット、さらにリラックス効果を促すラベンダー、疲労回復効果を期待できるローズウッドを使ってみよう。

「まぜるの、これでしょ？」

ふわふわと目的の精油が宙《ちゅう》を舞って、コトンと作業台に置かれた。

どうやらリーフが魔法で取ってくれたようだ。

「よくわかったわね」

「ヴィオのさぎょう、いつもみてるから。いやしには、このかおりだよね！」

「なんて頼もしい助手なのかしら！　ありがとう」

可愛いリーフの頭をなでなでして、早速作業に移る。

まずはビーカーに蜜蝋を入れて、温度を確認しながら丁寧に湯煎して溶かす。粗熱が取れたらリーフが取ってくれた精油をブレンドして、よくかきまぜながら香りを確認。

最初に香るのは、ベルガモット。爽やかな柑橘系の香りで頭をすっきりさせて、ざわめく心を落ち着かせる。

次に香るのは、ラベンダー。柔らかな印象を与えるフローラルな香りが、高いリラックス効果をもたらし安眠を促す。

最後に香るのは、ローズウッド。バラに似た甘さと、ややスパイシーなウッディの甘く優しい香りが、強力な癒し効果で心の疲れを取ってくれるはずだ。

調整が済んだら、芯をセットしておいたキャンドルホルダーに流し込む。

「よし、あとは冷まして固まるのを待つだけよ」

「うん！　どうかヴィオのおもいが、おとうさまにとどきますように」

リーフの祈りがキラキラと光になって、アロマキャンドルに降り注ぐ。幻想的で美しい光景に思わず目を奪われた。

「ありがとう、リーフ。冷ましている間にもう一つ、別のを作ってもいいかしら？」

「もちろん！」


その日の夜、私は一週間分のアロマキャンドルをお父様にお渡しした。

翌日、すっきりとした顔で朝食の席に現れたお父様を見て、思わずほっと胸を撫で下ろす。

「おはよう、ヴィオラ。昨日は久しぶりによく眠れたよ。ありがとう」

「お役に立てたのなら光栄です。お父様、よければこちらも遠征にお持ちください。疲労回復効果のあるアロマミストです」

安全祈願のお守りと共にお渡しすると、お父様は目頭を押さえたあと、「ありがとう、ヴィオラ。ありがたく使わせてもらうよ」と優しく微笑んで受け取ってくださった。

携帯用のアロマミストは時間的にキャンドルほど長持ちしないけれど、吹きかければその場で爽やかな香りを楽しめる。リーフの祝福が宿っているからその場で高いリフレッシュ効果を得ることができるはずだ。

一週間後に遠征から帰ってきたお父様は、私の作ったアイテムをとても気に入ってくれたようで、新種の植物本を数冊、お土産に買ってきてくださった。

「ヴィオラ、よかったらまた……」と、それから追加の依頼を受けるようになった私は、毎回違う香りのアロマミストやアロマキャンドルを作って、お父様にお渡ししている。

喜んでもらえて嬉しいっていうのはもちろんだけど、新たな香りの探求に没頭できる日々はとても楽しくて幸せだった。

日中は調香、夜は読書に明け暮れて約二週間が経った頃、私はお父様にお土産としてもらった本を全て読み終えた。

「南部には、こんなに面白い植物があったのね！」

感動の余韻に浸りながらソファから立ち上がり、大事な本を収納しようとギチギチに詰まった本棚とにらめっこする。植物関連の本はもちろん外せない。

悩みながら背表紙を吟味し視線を移していくと、ある本たちが目に留まる。

「これはもう、私には必要ないわね」

ログワーツの勉強に使った資料本を全て取り出し、新たな宝物たちを大事に本棚に差し込んだ。

書庫に戻してきてもいいけど、手に入りづらくて集めるのに結構苦労したのよね。折角だからマリエッタに渡してこよう。

極寒地帯での生活は過酷だし、事前知識は絶対にあったほうがいい。

ついでに私が必要な知識をまとめたノートもつけておこう。役に立つといいわね。

時間を確認すると、時計の針は夜の九時を指している。まだ起きているだろうと、一式を手にした私はマリエッタの部屋へ向かった。

「よかったらこれ、ログワーツの本なんだけど読んでみて。寒い場所での生活は色々大変だと思うから」

「はい、ありがとうございます！」

素直に受け取ってくれてよかった。ほっと安堵の息をもらしていると、「それよりもお姉様！ちょうどよいところに！」と満面の笑みを浮かべたマリエッタに手首を掴まれ、部屋の中へ引きずりこまれた。

何事かと視線を部屋に移すと、ベッドやソファにはドレスが広げられ、その上にはアクセサリーが散乱。床にはくしゃくしゃに丸められた紙がいくつも転がっている。

テーブルの隅に渡した本を置いたマリエッタはソファのドレスを寄せ集め、急いで私のために席を空けてくれた。座るように促されて、ドレスの山が倒れてこないよう慎重に腰を下ろした。

「お姉様はどれがいいと思いますか？」

ずずっと差し出されたのは、一冊のスケッチブック。

受け取ってページをめくると、繊細なタッチで描かれたドレスのラフ画が目に入る。まるでプロのデザイナーが描いたかのような素晴らしい出来に、思わずページをめくる手が止まらない。

「まぁ、どれも素敵ね！　これ全部、マリエッタが描いたの？」

「はい！　ウェディングドレスがなかなか決まらなくて困ってたんです。お姉様、よかったらアドバイスもらえませんか？」

昔からお絵描きが好きな子ではあったけど、ここまで腕が上がっていたなんて驚きだわ。

マリエッタが悩んでいる時、大抵答えは出ている。こうして尋ねてくる時は、背中を押してもらいたい時なのよね。確かめるために、私はマリエッタに問いかけた。

「ちなみにリシャール様は、どれがいいって言ってたの？」

「リシャール様は、これです」

なるほど、華美な装飾は少なめ。清楚でシンプルなものを選んだのね。

確かにマリエッタの可愛さを引き立ててくれそうではある。

でもマリエッタの顔を見る限り、彼女の中でそのドレスは一番ではなかったのだろう。

「それじゃあマリエッタは、どれがいいと思うの？」

「私はこちらの……」

恥ずかしそうに彼女が指差したのは、マーメイドラインのセクシーでエレガントな印象を受けるドレスだった。

これは……着たいものと、似合うものが違う典型例じゃない！

高身長で豊満な体型の私が可愛いプリンセスドレスが似合わないのと一緒で、小柄で華奢《きゃしゃ》な体型のマリエッタには着こなすのが難しいドレスだわ。

「似合いません……よね。やはりリシャール様が選んでくださったほうが……」

「相手の好みに合わせすぎる必要はないわ。一生に一度の結婚式だもの、私はマリエッタが好きなドレスを着てほしい」

マリエッタが一度目の婚約者セドリックと破局した腹立たしい理由を思い出して、思わず口にせずにはいられなかった。

相手の言いなりになって、好きな洋服も髪型もできない。明るかったマリエッタを自分好みの人形に仕立て上げようとしたあの糞野郎、今思い出してもムカつくわね。

「お姉様……そう、ですよね……でも……」

「どうしてこのドレスがいいって思ったの？」

「優雅で大人っぽいデザインに憧れてて、リシャール様にいつもとは違う私を見てほしいと思ったんです」

「だったらこのドレスのデザインを、一緒に工夫してみない？　例えば……」

譲れない部分と変えてもいい部分を慎重に聞き出して、マリエッタに似合うようデザインを一緒に考えていく。

まず絶対に変えるべきは、胸元のデザインだろう。

デコルテが華奢なマリエッタには、胸元を強調したハートカットは正直悪手だ。

それでもこのデザインを残しつつカバーするなら、レースのホルターネックあたりに変えてセクシーさを残しつつ、デコルテを自然に隠せればいいわね。

さらにマーメイドラインを残しつつ、似合うようにするには……。

「ウエストを少し高い位置から切り替えて腰のラインを出しつつ、斜めにフリルを入れて……裾にもっとボリューム持たせるのはどう？」

パラパラとスケッチブックをめくって、イメージに近いデザインを見せつつ提案してみる。

「確かに、素敵です！　一度描いてみます」

意気揚々と引き出しから筆記具を取り出したマリエッタは、スケッチブックにラフを描き始める。彼女が握りしめている使い込まれた筆記具を見て、私は驚きを隠せなかった。

「まだ……使ってくれていたのね、そのマジックペン」

「はい！　とても気に入ってるんです。お姉様が誕生日にくださった、大切なものですから」

魔力を補充することで、繰り返し使える魔道具の筆記具、通称マジックペン。

魔法のインクは思い描いた色に変化するから、お絵描きが好きなマリエッタにちょうどいいと思って贈ったのよね。飽きっぽいマリエッタが、まさか未だに持っていてくれたなんて。

「魔力の補充に持ってこなくなったから、てっきり飽きて使ってないのだと思ってたわ」

「そ、それは……！　お姉様の手を煩わせたくなかったので、魔石で補充をしてたんです」

私のところに持って来づらかったのね。マリエッタが私の婚約者と真実の愛に目覚める度に、確かに少し距離ができていたのは否めない。

「みずくさいじゃない。これからは、遠慮せずに持って来なさい」

遠慮がちに「よろしいのですか？」と尋ねてくる彼女に、「もちろんよ」と私は笑顔で頷く。

結局その日は夜遅くまでマリエッタに付き合って、ドレスのデザインを一緒に考えた。

満足の一着が完成したようで、マリエッタはとても喜んでくれた。

まるで幼い頃に戻ったかのようにたくさん話せて、とても楽しい夜だった。


「ヴィオ、ぼーっとしてどうしたの？　みずたまりできてる」

翌日、温室で水やりをしているとリーフが心配そうに尋ねてきた。

どうやら一箇所に水を掛けすぎてしまったらしく、足元は大惨事だった。

「ああ！　根腐れしちゃうわ、どうしようリーフ！」

「ぼくにまかせて」

リーフが水を被りすぎてしまった花の苗にツンと鼻先を付けると、祝福を受けた花の苗が光りだす。花の苗は地表にたまった水を吸収しながらぐんと成長し、美しい花を咲かせた。

「よかった、ありがとう。実はマリエッタが半年後には嫁いでいっちゃうんだって改めて思うと、唐突に寂しくなっちゃって……」

しゃがんで土の様子を確認しながら、私はリーフに正直な気持ちを吐露した。

「マリエッタ、だいじ？」

「ええ、大事よ。マリエッタは私の可愛い妹なの。半年後には寒いところへ嫁いでしまうから、気軽に話すことさえできなくなると思うと昔の思い出が走馬灯のように……！」

我が儘で気分屋なところはあったけど、それは早くにお母様を亡くして寂しかったのも少なからず影響していたと思う。

私のあとを雛鳥のように付いてくるマリエッタは、とても可愛かったわね。その小さな手を握りしめて、お母様の分までこの可愛い妹が幸せになれるように守ると誓った。

それは私の意志であり、目を逸らしてはいけない贖罪《しょくざい》でもあった。

「ヴィオのきもち、かたちにしてマリエッタにつたえる！　おとうさまみたいに、プレゼントは？」

「プレゼント……確かにそれはいい考えね！　ありがとう、リーフ」

気持ちを切り替えて、私はマリエッタへのプレゼントを作ることにした。

冷えは女性の大敵っていうし、あっちに行っても役立つものを作ってみよう！

五か月後、マリエッタが旅立つ時に渡せるといいわね。

❖❖❖

季節が冬へと移り変わったとある日の夕方。

城下で美味しいと話題のカフェレストラン『ルチェ・アース』の特別席に、私は来ていた。

「ようこそ、第三回婚約解消祝勝会へ！」

ここはアレクの経営する飲食店の一つで、私たちが秘密裏に会うときの密会場でもある。

白い礼服に身を包み、珍しくきちんとした装いをしたアレクはどうやら公務帰りのようだ。

「今日はヴィオのために、当店自慢のスペシャルコースを用意してるよ。最後まで楽しんでいってね」

「それは楽しみね。ここの料理はとても美味しいから」

「そうでしょ、そうでしょ！　もっと褒めてくれていいんだよ？」

「嫌よ、あんまり褒めると調子に乗るから」

「いいじゃない。ここには僕たちしかいないんだし！　ヴィオのけちー」

「そんなこと言ってると、これあげないわよ？」

アレク専用にブレンドした香水を、テーブルに置いてみせる。

「ごめん、僕が悪かった。君はスメルの女神だ！　略してスメミ！」

やっぱりあげるのやめようかしら？

香水を引っ込めようとすると、その手をがっしりと掴まれる。

「いや違う！　気高きフレグランスの調香師ヴィオラ様だった！　あーヴィオラ様、どうか私めに貴女様の誉れ高きフレグランスをお与えください」

「しょうがないわね、はいどうぞ」

「ありがたき幸せ！　一生の家宝として飾っておきます！」

アレクは受け取った香水をなぜか天に向かって掲げ始めた。

「いやいや、使ってよ。蒸発してなくなるわよ？」

「それはもったいない！　このアレクシス・レクナード、最後の一滴まで無駄にせず使いきると約束いたします！」

恭《うやうや》しく胸に手を当てたアレクは、そう言って頭を下げた。

「もう本当におおげさね」

「ヴィオ。君は自分の作るアイテムの素晴らしさをもう少し理解するべきだ。公《おおやけ》に君と交流できたなら、僕はこれを社交界で流行《はや》らせて一大ムーブメントを起こす自信がある」

アレクにそう言われると、なんだか本当にできちゃいそうな錯覚に陥るのが怖いわね。

『国をまとめるのは兄上に任せたー』と、早々に王位継承権を放棄することを公言していたアレクは、第二王子として公務をこなす一方で、経営者としての顔も持っている。

『社会勉強だよー』と言って、自分で立ち上げた商会を持っており、今やそれらはあらゆる分野に精通する大商会と呼ばれるほどに成長した。

周りの人に助けられているだけだからと傲《おご》らない姿勢は多くの平民に称賛され、王族と平民を繋ぐ架け橋として絶大な支持を得ている。

まぁその代わりに、悪徳商売を妨害された一部の新興貴族からの評判はすこぶる悪い。

けれど社交界ではその悪評さえも逆に利用して、自分が王位を継ぐ器ではないってわざと周知させつつ、王太子である第一王子ウィルフレッド様を立てている策略家だったりする。

たまに忘れそうになるけど、アレクって本当はすごい人なのよね。そんな人に私の作ったものを認めてもらえただけで嬉しいけれど、少し過大評価しすぎな気もするわ。

「素人がただ趣味の延長線で作ったものよ。アレクったら本当におおげさなんだから！」

「それくらい、人を引き付ける魅力を持ったアイテムだということだよ。ヴィオ、君は知ってるかい？　今、王国騎士団で人気になっているフレグランスの女神のことを」

「フレグランスの女神？」

「あれは確か、新人騎士たちの選抜試合があった時のこと。疲れ果てた新人騎士たちに、団長がどんな疲れも一瞬で吹き飛ぶ魔法のミストを吹き掛けたそうだ」

団長っていうのはお父様のことよね。

魔法のミストっていうのは、もしかして私が差し上げたもの、かしら？

「その結果、くたくたに疲れ果てていた新人騎士たちが、嘘みたいに元気になったらしい。楽園へ誘う極上の香りがする魔法のミストを求めて、彼等は団長にそれをどこで入手したのか詰めよった。すると団長はこう答えたらしい。『これはフレグランスの女神が、私のために作ってくれたものだ』と」

お父様ー！　何誤解を招くようなことをなさっているのですか！

でもリーフの祝福効果が付いているから、あながち間違いでもないのかもしれない。

精霊の加護が宿ったアイテムの効果は抜群にいいし。

「フレグランスの女神って、間違いなくヴィオのことだよね？　僕は悔しいよ！　最初に君の香水の素晴らしさに気付いたのは僕だ！　だから僕の手で、このアイテムの素晴らしさを世に伝えてあげたかったのにっ！」

「アレク、とりあえず落ち着いて。貴方が私の作った香水を、とても気に入ってくれているのはよくわかったから」

「市販されている香水は、どれも臭すぎて正直使えたものじゃない。社交場なんてひどいものだろう？　ドギツイ匂いがひしめき合って、鼻が折れ曲がりそうだよ」

「それは私も思ってたわ。だから自分好みの香りを作ってるし」

「ヴィオが作ってくれた香水を使った時、僕は正直感動で震えたのを今でもよく覚えてるよ。柔らかで繊細で優しい香りが長続きする上に、時間で香りに変化が出るなんて思いもしなかった」

「私の作った香水は精油の揮発性を考慮して、長持ちするようにブレンドしてるからね」

揮発性は高いほど蒸発しやすい。その性質を利用して、揮発性の高いものから低いものへと香りのタイミングに変化を付けることができる。

つまり揮発性の異なる複数の精油をブレンドすることで、香りが層のように幅を持ち、時間の経過で香りの変化を楽しめるのだ。

最初に香るのは揮発性の高いトップノート。付けてから長くて十分ほど香りが持続し、香水を印象付ける香りとなるけど長くは続かない。

中核を担うのがミドルノート。付けてから長くて二時間ほど香りが持続する。調和して落ち着いた香りとなり、人前に出る時などはこの時がちょうどいいわね。

最後に香るのがベースノート。付けてから二時間後以降、残り香として余韻を楽しむことができる。全体を調和させてほのかに香る縁の下の力持ちってとこかしら。

市販されている香水は、ブレンドされておらず一つの香りだけのものが多い。

しかもあまり薄められておらず、原液に近い。

そのため香りがすごく濃いけれど、蒸発しやすいからすぐ匂いも飛んでしまう。

だからお洒落に敏感なご婦人やご令嬢たちは、お化粧直しの度に香水を付け直していた。

「ヴィオ、このままでは皆の鼻はどんどん馬鹿になって正しく機能しなくなってしまう。それに、流行に乗るために無理して香水を付けて気分を悪くしている者もいると聞く。だからこのヴィオが作った香水を社交界で流行《はや》らせて、世界を変えよう！　皆の健康のために！」

どうしよう、とてもじゃないが嫌だって言える雰囲気じゃないわ。

いつも軽いノリのアレクが、実《じつ》に真剣そのものだ。でも流行《はや》らせるなんて、そんな簡単にできることじゃない。けれどアレクにならできてしまうのかもしれない。

次々と画期的《かっきてき》な魔道具を開発して人々の生活を便利にしてきたアレクの大商会は、これまでいくつもの流行を作り出している。

「具体的にどうするつもりなの？」

「そうだね、ヴィオ。女性ものの香水をいくつか用意してもらえないかな？　できたらそれをまた僕に欲しいんだ」

「それは構わないけど、アレクにもやっと春がきそうなのね！」

「え……」

「だってプレゼントしたい女性がいるってことでしょ？　もう隠さなくていいわよ！　最初から素直に言ってくれればよかったのに！」

皆の健康のため！　なんてそんな大義名分なくったって、友人の頼みならいくつだって香水くらい作ってあげるのに。アレクったら案外みずくさいのね。

「ちょっと、ヴィオ……何を勘違いして……」

「安心して。私が腕によりをかけて、女性の心を射止める香水を作ってあげるから！」

「あ、う、うん。それは助かるんだけど……」

「ほら、折角の料理が冷めちゃもったいないわ！　早く食べましょう！」

アレクが何か言いたそうにしてたけど、私はわざと話題を変えた。

今までアレクに浮いた話なんてなかったけど、いい相手ができたとなればこうやって一緒に食事を楽しむのも最後になるのかな。

寂しいけど、それも仕方ないな。気持ちを切り替えて今を楽しもう！

それにもし本当に香水で新たな流行を作れるのなら、それは自立への第一歩として大きな足掛かりになるだろう。趣味を仕事にできたら最高じゃない！

美味しい料理に舌鼓《したづつみ》を打って、第三回婚約解消祝勝会は幕を閉じた。

❖❖❖

麗《うら》らかな春を迎え、マリエッタとリシャールの結婚式が行われる日がやってきた。ラピス大聖堂では二人の門出《かどで》を祝福するように、高らかな鐘の音が鳴り響いている。

結婚式が始まる前、私はマリエッタの控え室に来ていた。純白のウェディングドレスに身を包んで「いかがでしょうか？」とはにかむ彼女は、身内の贔屓《ひいき》目を抜きにしてもとても美しい！

「よく似合ってるわ！　とても綺麗よ、マリエッタ。幸せになるのよ」

「はい、ありがとうございます！　お姉様が一緒にデザインを考えてくださったおかげです！」

満面の笑みを浮かべるマリエッタを見て、思わず胸の奥から熱いものが込み上げてくる。この姿、お母様にも見てほしかったわね。

あふれ出そうになる涙を隠すために視線を窓のほうに移すと、結婚式には相応しくない花が飾られているのに気付いた。

「そちらのアレンジメント、お兄様がお祝いにくださったんです。雰囲気が昔と変わられていて、誰だか最初わかりませんでした」

「そ、そうなのね」

お兄様が公爵領に行かれて十二年、一度も王都の屋敷にお帰りになったことはない。妹の結婚式だもの、次期公爵としてもちろん出席なさるわよね。

それにしてもどうしてこんなものを……ガラスケースの中に飾られているのは、黄色いバラのアレンジメント。【薄らぐ愛】という花言葉を持つ黄色いバラは、結婚式の贈り物としては好まれる花ではない。

花を毛嫌いされているお兄様は、きっとご存じなかったのよね。あらゆる矛盾を飲み込んで、無理やり自分にそう言い聞かせた。今日は晴れ晴れしい祝いの席だ、負の感情は相応しくない。

「お姉様？　いかがなさいました？」

「い、いやーとても珍しい品種のバラだと思ってね！　ほら見てて、もうすぐ色が変わるから」

マリエッタにばれないように、私は色素を変換させる植物魔法をかける。

「（レジェ・ルージュ）」

黄色からオレンジ色へと変化したバラを見て、「わぁ、すごいです！」とマリエッタは嬉しそうに目を輝かせる。

マリエッタが花に詳しくなくてよかった。なんとか誤魔化せたけれど、胸の奥にチクリと痛みが走る。

うまく笑顔を保てているだろうか。不安に飲み込まれそうになった時、ノックが鳴った。

「マリエッタ、そろそろ時間だ……っ！」

迎えに来たリシャールがマリエッタを見て、はっと息を呑んだ。赤面して硬直している彼に、「マリエッタのこと、頼んだわね」と妹を託して私は控室をあとにした。

助かったわね。ほっと安堵のため息をもらしつつ歩いていると、大聖堂へ続く回廊で不意に声をかけられた。

「家族ごっこは楽しいか？」

壁に背を預け、眼鏡の奥からこちらを睨む男性を見て、動悸が激しくなる。子どもの頃の面影はあまりないが、後ろで結われたお父様譲りの赤い長髪で彼の正体がすぐにわかった。

「ご無沙汰《ぶさた》しております、お兄様」

「貧乏領地に嫁ぎたくなくて妹を売ったんだろう？　相変わらずだな」

「ち、違います。私は……」

震える喉を叱責して、なんとか声を絞り出す。

そんな私を見て、お兄様は緑色の目を吊り上げ冷たく言い放った。

「一度壊したものは戻らない。お前がどれだけ取り繕おうと、犯した罪は消えない。ゆめゆめ忘れるなよ」

冷たい鎖で心臓を激しく締め付けられるような痛みが走る。両足をくいで打ち込まれたかのように自由が利《き》かなくなって、去っていくお兄様の背中をただ見ていることしかできなかった。

「ヴィオラ！　しっかりするんだ、ヴィオラ！」

顔を上げると、眉尻を下げて心配そうに私の顔を覗き込むお父様の姿があった。

どうやら見られていたらしい。

「レイモンドの言うことは、気にする必要ない。さぁ、行こうか」

お父様が一度でも私に憎悪を向けていれば、お兄様の気は少しくらい晴れたのかもしれない。

けれど私には、故意に優しいお父様を傷付けることなんてできない。

「……はい、お父様」

その時、舌打ちの音が聞こえた気がした。現実なのか幻聴なのかわからないけど、こうしてお父様が私を気にかけてくださることも、お兄様の逆鱗に触れる行為に違いない。

やはりいつまでも甘えてるわけにはいかないわね。前を向いて、私は大聖堂へと向かった。


「マリエッタ、必ず君を幸せにすると誓おう」

白いタキシードに身を包んだリシャールが、マリエッタを愛おしそうに見つめ誓いのキスを落とす。幸せそうな二人とは対照的に――。

「ヴィオラ様、かわいそうね……」とお祝いに来た令嬢たちから哀れみの視線を向けられ、正直私は居心地が悪い。まぁ、少しの我慢よ！

今さら周囲の目を気にしたところで仕方ないし、大切な妹の門出の日だ。

姉としてきちんとその幸せを見届けたい。

それに扇子で周囲の強い香りを遮ってはいるけど、全てを防げるわけじゃない。

遠巻きに見られるくらいでちょうどいいわ。

無事に式を見届けたあとは、祝いの宴が開かれる。お色直しで主役のマリエッタとリシャールが退場していったあと、私は面倒くさい令嬢に声をかけられた。

「こちらにいらしたのね、ヴィオラ様」

むわっと香ってくるエレガントな濃い花のエキスを、これでもかと凝縮させた強い匂い。

この強烈な香りを好まれるご令嬢は一人しかいない。

「あらごきげんよう、イザベラ様。お忙しいところ妹の結婚式にご参列いただき、ありがとうございます」

さりげなくパタパタと扇子を仰ぎ、強烈な匂いを別の方向へ逃がす。薄めて使えば上品なフリージアの香りはとてもいい香りだと思うのに、本当にもったいないわね。

「ご傷心中の貴女を励まそうと思って来ましたのよ。まーた妹君に婚約者を奪われたんですってね。一時は生涯を共にすると約束した方と妹君の晴れ姿なんて、本当は見たくないでしょう？おかわいそうに……」

イザベラ・ブリトニア。ブリトニア公爵家の令嬢で、昔から何か事あるごとに私に悪い意味で

絡んでこられるお方だ。

「いいえーそんなことありませんわ。妹が幸せになるなら、姉としては嬉しい限りですよ」

「そんな強がらなくてもよろしいのですよ。だって私だったら、もしロズが別の女性と結婚するだなんて言いだしたら耐えられませんことよ。まぁロズに限ってそんなことはないので、心配なんて微塵もしていませんけどね。私とロズは運命の赤い糸で……」

あー始まってしまった。イザベラの自慢話が。

婚約者のロズワルト様のことを喋り始めると、もう口が止まらないのよね。

ペラペラとロズワルト様の魅力を語るイザベラに、口を挟む隙すらない。

誰か、彼女を止めてくれないだろうか。

そうだ、ご自慢の婚約者のロズワルト様なら止めてくれるはずだ。

彼の行方を視線で探すと……別の女性と楽しそうに歓談している姿が目に入った。

しかもよりにもよって、イザベラのコンプレックスを刺激しそうな明るい髪色の女性に。

婚約者なら知ってるでしょ？　イザベラが自身の暗い紺色の髪に劣等感を持ってることを！

ちょっとイザベラ、貴女の後ろで自慢の婚約者が、他の女と楽しそうに会話を弾ませているわよ！　って、つっこみたいけどつっこめない。

いっそのこと、この扇子で思いっきり仰いで、匂いを全て飛ばして差し上げようかしら。

流行に敏感なイザベラのこと、すぐにお化粧直しに香水を付けにいくはずだわ。

だけどマリエッタの大事な結婚式で騒ぎを起こすわけにはいかない。ここはやはり我慢するしかないわね。

内心ため息をつきつつ苦行に耐えていたら、イザベラが急にピタリと止まった。なぜか驚いたように、私の斜め後ろを見て固まっている。

「ヴィオ、こんな所にいたんだね」

振り返ると、そこにいたのは王族としての正装に身を包むアレクだった。

「ブリトニア公爵令嬢、少し彼女を借りてもいいかな？」

「も、もちろんですわ、アレクシス殿下！　そ、それでは失礼しますわ、ごきげんよう！」

脱兎のごとく、イザベラは去っていった。そうだった、彼女は目上の方の前では、借りてきた猫のようになられるんだったわね。グッジョブよ、アレク！

「ごきげんよう、アレクシス殿下。妹の結婚式に参列していただき、ありがとうございます」

「ヴィオ、少し抜け出さない？　話があるんだ」

「ええ、構いませんよ。（ちょっと、アレク！　こんな所で堂々と声をかけてくるなんてどうしちゃったのよ）」

後半は、アレクにだけ聞こえるよう小声で話しかけた。

私たちの関係は、あくまで秘密の関係だ。

公の場で、アレクが私に話しかけてくることはないし、私も形式的な王族への挨拶を最初に交わすだけで、それ以後は人目のあるところで話しかけることはない。

「だってもう、忍ばなくてもいいでしょ？　君には今、婚約者もいないんだし」

「それはそうですが……」

「ならいいじゃない。ほら、いこう」

そう言ってアレクは、楽しそうに私の手を掴んで歩きだした。

今まで浮いた話のなかった第二王子の前代未聞《ぜんだいみもん》の行動に、周囲からはざわめきが起こる。

もしここで手を振り払おうものなら、大きな騒ぎになるだろう。

結局そのまま大人しく従うしかなくて、好奇の眼差しを向けられながら会場をあとにした。

人気《ひとけ》のない裏庭まで来て、ようやくアレクは足を止める。

「ヴィオ、怒ってる？」

「別に怒ってはないけど、少し驚いたわ」

「ごめんね。でも僕はずっと、この時を待ってたんだ」

急に真剣な面持ちになったアレク。彼の美しい紫色の双眼が、こちらを真っ直ぐに捉えている。

「いきなりどうしちゃったの？」

「ヴィオ。ずっと前から僕は、君のことが好きだったんだ」

な、なんですってー⁉

突然の告白に、言葉が出てこない。

アレクが私のことを好き？　そんな馬鹿な、だって私たちは悪友じゃないか。

「アレク、香水を渡したい女性はどうしたのよ！」

「あれは妹にあげたんだ。ヴィオの香水を皆にアピールしてもらおうと思って」

「え、そ、そうだったんだ……」

「君の作ってくれたものだから、品質には自信があった。けれど妹はこだわりが強くて、本当に自分が気に入ったものしか使わないんだ。だからヴィオの香水を確実に使ってくれるかどうかの確証がなくて、あの時はまだ言えなかった」

「それで、どうだったの？」

「とても気に入ったみたいで、毎日使ってるよ」

「シルフィー様に認めてもらえたなんて、夢みたいだわ！」

レクナード王国の流行の発信源といわれる、第一王女のシルフィー様。

優れた審美眼の持ち主で、ドレスにしてもアクセサリーにしても、彼女が一度でも着たり身に着けたりしたものはとても人気が出る。

「それでヴィオ、僕と結婚してもらえないかな？」

香水のことで浮かれてたけど、今はそんな場合ではなかった。

アレクが私のことをそういう対象として好きだったなんて、微塵も思わなかった。

「あの、アレク。いつから私のことを……」

「もしかしたら一目惚れだったのかもしれない。なんの打算もなく普通に話しかけてくれて、くだらないことで一緒に笑ってくれたヴィオは、僕にとって特別だったんだ」

「それって友達として、でしょ？　だったら別に結婚する必要はないじゃない。私は今の関係を壊したくないわ」

婚約とか結婚とか愛が冷めたら終わる関係より、今みたいに楽しく過ごせる距離感のほうが、ライフスタイルが変わっても一生付き合っていける。

余計な感情を付与させたら、いともたやすく壊れてしまいそうで怖かった。

「ヴィオ、目を逸らさないで。僕を見て」

アレクの震える手が私の頬に触れ、視線を合わせられる。

苦しそうに眉根を寄せ端整な顔を歪ませるアレクから、目を離せなかった。

どうしてそんな眼差しを、私に向けるのよ。

「王位継承権を正式に放棄できたら、ヴィオにプロポーズしようと色々準備してたんだ。やっとの思いで父上に出された難題任務を終えて王都に帰ってきたら、君はすでに北の伯爵子息と婚約していて、心底悔しかった。これ以上、後悔したくないんだ。他の男と婚約する君の姿を、僕はもう見たくない……！」

感じたのは確かな温度差だった。アレクが抱く思いと私が彼に抱く思いは、重なっていない。

それでも私の失言が、彼を傷付けてしまったのだけはよくわかった。

どうやらそれは、軽々しく否定していい想いじゃなかったらしい。

頬に添えられた彼の震える手をぎゅっと掴んで、私は口を開いた。

「愛とか恋とか、よくわからない。余計な感情絡めていつか壊れるくらいなら、友達のままがいいって思ったのよ。そうしたら、いつまでも馬鹿なことして一緒に笑っていられるじゃない」

真実の愛に目覚めたと、幸せそうに笑いあっていたマリエッタと過去の婚約者たちを思い出す。

それでも彼等の関係は呆気なく壊れて幕を閉じた。そんな風に、私はアレクを失いたくない。

「じゃあヴィオは、僕のことが生理的に受け付けないから断ったわけじゃないんだね？」

「どんな聞き方したらそうなるのよ！　なんとも思ってなかったら、普通に了承してるわよ」

「…………え、それってどういう意味？　なんかおかしくない？」

「だって今までの婚約者のように互いに興味がない相手なら、私が調香三昧の生活してようが気にもしないでしょ？　最高じゃない！」

「……っ、くっ、あははは！」

さっきまで泣きそうな顔してたくせに、アレクはいきなり腹を抱えて笑いだした。

「そこで笑うって、なんか失礼じゃなくて？」

「だって今までの婚約者は、ヴィオにとって特別ではなかったってことでしょ？　それがわかっただけでも嬉しくて！」

そんなことで喜ばれても、どうしていいかわからないじゃない。

「ねぇ、ヴィオ。君が昔、とても憧れていた領地があったよね？」

「シエルローゼンのこと？」

王都の東にある自然豊かで古典的な街並みが魅力の静養地シエルローゼン。

王家が所有する空中庭園から見下ろす絶景は息を呑むほど美しいらしい。

空に咲くバラと例えられるこの地は、珍しい植物の群生地としても有名なのだ。

めちゃくちゃそそられる！　しかし空中庭園や珍しい植物の群生地は王家の私有地であるため一般開放はされておらず、特別な行事の時しか入れない。

「僕なら君をそこへ連れていける。なんならずっと住むことだってできる。難題任務をこなした報酬にもらったんだ。シエルローゼン公爵位を」

「王家の避暑地を、報酬にもらったの？」

「ヴィオを手に入れるために僕ができることなんて、これくらいしかないからさ」

いやいやいや、普通そんなことできないってば！

王位継承権を放棄する条件として、アレクは陛下にとある難題任務を与えられていた。

それは三年以内に、貧困街として有名なアムール地方にあるスラム区画を改善させること。

宝石鉱山の崩落事故を放置したまま、当時の悪徳領主は全財産を持って逃げ出したのは有名な話だ。復興もままならず鉱山はそのまま封鎖され、唯一の収入源を失ったアムール地方はスラムと化していた。

そんな大変な領地を三年で改善するなんて、普通できることじゃない。王立アカデミーに籍だけ置いてその三年間、アレクはアムール地方で領主として復興に勤しみ、見事に任務を終えた。

そんな大変な任務を成し遂げた報酬に、私が憧れていた土地をもらったなんて……ありえないでしょ！

「アレク、貴方はもっと自分のためにその報酬を使うべきだったわ！」

「だって無理やり手に入れるのは嫌だったんだ。ヴィオだって王命で僕との婚約を命じられても、嫌でしょ？　この国の誓約って、重たいしさ」

曲がりなりにも第二王子！　王命で交わした誓約なんて、死ぬまで一生逃げられないやつじゃないの。恐ろしい権力を振りかざされなくてよかったわ。

まぁ、だからこうやって私の気持ちを尊重してくれているのよね。

「どうして、そこまでするのよ……」

「初めて婚約を解消したと教えてくれた時、気丈に振る舞うヴィオの肩が小刻みに震えていたんだ。抱き締めてその震えを止めてあげたいと思っても、当時の僕にはそんな資格も守り抜ける力もなくて、とても悔しかったのをよく覚えている。その時から僕は、君を守れる存在になりたいと思っていたんだ」

アレクも昔、色々苦労してたわね。彼を王位に就けようと画策する新興貴族の集まり、通称貴族派に狙われたり、空白だった婚約者の座を狙って令嬢たちの激しいバトルがあったりと。

もともと商会を立ち上げたのも、貴族派の資金源である悪徳商売を真っ向から潰すのが目的だったみたいだし。

生活に欠かせない物資を違法に占有して高値で売り付ける彼等の傍《かたわ》らで、適正価格で広く行き渡るように販売するアレクの商会は平民から絶大な信頼と支持を得た。

そうして貴族派の資金源を削いで社交界での影響力を落としていったのよね。

片膝をついて忠誠を誓う騎士のように、アレクは私の手を優しくとった。

「だからヴィオ……君の隣に堂々といられる権利を、僕にくれないか？　調香を楽しめるように、全力でサポートするよ。資金は十分《じゅうぶん》に貯めてきたし、スローライフもし放題さ！　ラオの背に乗れば、空中庭園だって自由にいける。君が望むもの全て、頑張って揃えるから……！」

ラオの背に乗ってって、精霊獣の私用は禁止されているのに、破る気満々じゃない。

バレたらお父様にこってり絞られるわよ？　いいの？

紫色の瞳を潤ませながらこちらを見上げるアレクは、まるでご主人様のためならなんでもする忠犬のように見えた。

「気持ちはわかった。だからとりあえず立ってちょうだい！」

傍目《はため》に見たら王子を跪《ひざまず》かせるとんでもない悪女に見えそうだから、いた堪《たま》れない。

私はアレクの手を両手で掴み、ぐっと引っ張ってその場に立たせた。

顔の作りがマリエッタみたいに可愛かったらそうは見えないんだろうけども……私はお父様似

だからどうしても、よく言えばクール、悪く言えば冷たい印象を与えてしまうのよ。

「隣にいたいならいればいいじゃない。婚約者って肩書きが欲しいならあげるわ。どうせ誰も欲しがらない不名誉な肩書きだし」

「いいの？　僕にとっては最高の名誉だよ！」

「ただし一つ条件があるの。まずは友達から、始めましょう？　心の準備をさせて。いきなり、その、関係性を大きく変えるのは……」

「もちろんだよ！　ありがとう、ヴィオ」

アレクは胸の内ポケットから小さな宝石箱を取り出すと、中から取り出した指輪を私の左手の薬指に嵌めた。うっとりとアメジストの嵌め込まれた指輪を眺めながら、彼は紫色の瞳を優しく細めてこう言った。

「あぁ、本当に夢みたいだ。ヴィオの指に僕の色が……」

指輪と紅潮したアレクの顔を交互に見て、私は思った。

独占欲、めちゃくちゃ強そう……アレク、性格変わった？

第二章　香り改革の下準備

結婚式から一か月が経った。

マリエッタは王立アカデミーを卒業して、リシャールと共にログワーツ領へと旅立った。

静かになったお屋敷は広く感じて寂しいけれど、リーフと一緒に作ったプレゼントに想いはたくさん込めた。いつまでも感傷に浸ってばかりはいられないわね。

「ヴィオラ、ヴィオラはいるか？」

仕事から戻ってこられたお父様が、血相を変えて私の温室へやってきた。

「お父様、慌ててどうなされたんですか？」

「これは本当なのか？」

差し出されたのは、王国新聞の『ロイヤル通信』。見出しには大きくこう書かれていた。

『第二王子のアレクシス殿下、十年越しの想いを実《みの》らせついに婚約か？』

な、何よこれー！

恐る恐る続きを読むと、『お相手はヒルシュタイン公爵家のヴィオラ令嬢。先日、十年越しの想いを告白し見事成功したアレクシス殿下。二人の結婚は秒読みかもしれない！　ロイヤルファミリーの朗報に乞うご期待！』と書かれていた。

とりあえず正式な婚約は、マリエッタが嫁いでからにしようってアレクが言ってたけど、嫁いだ瞬間どえらい記事になってるじゃないの！

「ヴィオラ、これは本当なのか？」

「えーっと、はい、その……アレクに告白されたのは……本当です」

「今朝、陛下と殿下にも婚約の許可をくれと頼まれたのだが、お前の気持ちを確認しないといけないと思ってな、返事はまだ保留にしてもらっている。アレクシス殿下のことを、お慕いしているのか？」

「その……アレクとは昔から、秘密裏にお友達として仲良くさせてもらっていました。告白された時は正直驚きましたが、これから少しずついい関係を育んでいけたらなと、思っています」

「そうか、そうなのか！　よかったな、ヴィオラ！　本当によかった！」

お父様が、泣いている？

ああ、そっか。もうどこにもお嫁にいけないと思われてたわよね。そのせいでいっぱい心労をかけてただろうし。

「お父様……今までご心配をおかけしました。そして、ありがとうございます」

「お前にはマリエッタのことで、たくさん苦労をかけたからな。どうか幸せになってほしい」

少しは親孝行できたのだろうか。それなら嬉しいな。

お父様が陛下に婚約の許可を出した一週間後。

王城の敷地内にある大神殿にて、私とアレクの婚約の儀が執り行われた。

「エスメラルダ神の名のもとに、アレクシス・レクナード様と、ヴィオラ・ヒルシュタイン様の婚約が成立したことを、大神官ルーファス・アダムスが、今ここで見届けます」

今までの婚約の儀と違って、神々しすぎて緊張した。

光の中級精霊ルナ様と契約されている大神官のルーファス様が立会人をしてくださるとは。

「こちらが婚約証明書となります。どうか大事に保管されてください。これにて、婚約の儀を終了いたします」

「はい、ありがとうございました」

受け取った婚約証明書までキラキラ輝いている。光の精霊の加護が宿ってるんだろうな。

「ヴィオ、よかったらお茶でもって妹が……十分、いや五分でもいいから、少し話し相手になってあげてくれないかな?」

なぜだろう、掴まれた手が震えている。どうやらその震えはアレクのほうからきているようだ。

「別に構わないけど、アレク。どうしてそんなに怯えてるの?」

「いや、その……今日こそは絶対に君を紹介してと頼まれてしまって。もし連れてこなかったら、真冬の湖に沈めて凍らせますわって……脅されて……」

な、なんて物騒なの?

第一王女のシルフィー様は確か、氷の中級精霊フェンリル様と契約されていたわね。現実的にそうできてしまうのが、少し怖いかも。

「アレク、シルフィー様と仲が悪いの？」

「いや、そうじゃないんだ。仲はいいほうだよ。シルはずっと、僕がヴィオに片思いしてたのを知っていたから。君と話がしてみたかったらしいんだ。ずっと前から……」

これはもしや、選定？

私がアレクの婚約者として相応しいかどうか、試されるおつもりなのかしら。

もし相応しくないと判断されてしまえば、秘密裏に真冬の湖で氷漬けにされてしまうのでは？

シルフィー王女の審美眼は、王国一厳しいと言われている。

あらゆる面において目利きのできる方で、彼女に認めてもらえた商品は飛ぶように売れる。

だから品評会で多くの職人が自慢の商品を手に彼女に挑み、玉砕してきたと聞く。

私の代わりによくドレスやアクセサリーを選んでくれる侍女のミリアが、シルフィー王女の大ファンで、よく彼女の武勇伝を話していたのを思い出す。

とあるドレスの品評会で、その時ベストオブドレスに選ばれたのは、無名デザイナーの作った安いドレスだった。結果に不服だったらしいとある高級ブティックのデザイナーが、王女に苦言を呈すると――。

『一流の素材をどれだけ使っても、その良さを引き出せていないものは、三流以下ですわ』

王女はそう言って一刀両断。

『このドレスは、一般的に流通している安い布というハンデを背負いながら、デザインと工夫で素材の持つ良さをうまく生かした素晴らしい一着です。それに比べて貴方のドレスは、時代錯誤《じだいさくご》の型で高級素材に宝石をちりばめただけのひどい作品よ。素材や宝石の持つ本来の美しさを見事に殺し合った、まとまりのない一着ですわ』

さらにそう付け加えて、高慢な高級ブティックのデザイナーを、正論で完膚なきまでに叩きのめしたらしい。

シルフィー様に、私は認めてもらえるのだろうか……。

「どうしたの、ヴィオ。ボーッとして、嫌なら無理しなくてもいいんだよ？　シルの機嫌をなだめるのに、ちょっと僕が……氷漬けになればすむだけだし……大丈夫、風がきっと、守ってくれるさ……」

「い、行くわよ！」

いくらアレクが風の上級精霊ジン様と契約してるとはいえ、氷に風を吹きかけても溶けないわ。

アレクを氷の塊にしないためにも、なんとか認めてもらうしかない！

気を引きしめて、私はシルフィー様とのお茶会に臨んだ。

アレクに連れられてやってきたのは、王城のプライベートサロン。

王族が私的に招待した方をもてなす際に使われる場所らしい。

「僕たちしかいないから、緊張しなくても大丈夫だよ」

簡単に言ってくれるわね。天然記念物みたいなアレクが特殊なだけで、本来王族とは最大限の敬意を払うべき存在。

失礼がないようにしなければと私が心を落ち着けている間に、アレクはコンコンとノックをして声をかけていた。

「シル、ヴィオを連れてきたよ」

サロンの中に入ると、振り返ったシルフィー様が「お待ちしておりました」と笑顔で迎えてくださった。編み込んでハーフアップにされた波打つ金色の髪が、背中でふわりと優雅に揺れる。

「お招きいただきありがとうございます、王女でん……かはっ！」

挨拶してる途中で、急にシルフィー様が目の前から消えた。そして身体に訪れる、突然何かに突進されたかのような衝撃。

「本物ですわ！　本物のヴィオラ様ですわ！　あーやはりとてもいい香りがしますわ！」

「こら、シル！　ヴィオが苦しがってるだろう！」

その原因がシルフィー様だったと判断できたのは、アレクが物理的に距離をとってくれたおかげだった。

「はっ！　申し訳ありません、ヴィオラ様！　つい我慢できなくて……お怪我はありませんか？」

なんだか思っていた展開と違うわね。

目の前で青い瞳をうるうるとさせているシルフィー様は、小動物のように可愛らしい。

「少し驚いただけで、なんともありませんよ」

「よかったですわ！　やっとこうしてお会いできて、本当に夢みたいですわ！」

「シル、嬉しいのはわかるけど、席に案内してあげて？」

「そうでしたわ！　ヴィオラ様、どうぞこちらへお掛けください。ジェーン、すぐにお茶のご用意を」

案内された席につくと、すかさず控えていた侍女がお茶を淹れてくれた。

透き通ったピンク色のお茶からは甘い香りが立ちのぼり、ふわっと鼻腔をくすぐる。

「とてもいい香りですね」

「隣国ライデーン王国の珍しいお茶なんです！　味も美味しいので、ぜひお召し上がりください」

すごくキラキラした眼差しで、シルフィー様はこちらをご覧になっている。

きっと味の感想を求めていらっしゃるのね。

「シル、そんなに見つめてちゃ失礼だよ」

「だって、夢のようなんですもの！　憧れのヴィオラ様と一緒にお茶を飲めるだなんて！」

憧れのヴィオラ様？　思わぬ言葉に、危うくお茶を吐き出すところだったわ。

「ベリーの芳醇な香りと茶葉の深い風味が相まって、とても美味しいです」

「気に入っていただけたようで嬉しいです！　アレクお兄様ったら、ヴィオラ様を独り占めして、全然私に紹介してくださらないのですよ？」

「そ、それは、公務が忙しかったし、ヴィオの都合もあるからね？」

「もし今日もヴィオラ様を連れてきてくださらなかったら……わからず屋のお兄様に、真冬の湖のように凍て付いてしまった私の心を理解してもらうために、少々氷漬けにしてやろうと思ってましたのよ！」

シルフィー様はそう言って、握りしめたティースプーンをカチコチに凍らせてしまった。

そんな彼女の後ろでは、悠然と横たわる大きな狼が、キランと目を光らせてアレクを見ている。

あのお方はきっと、シルフィー様と契約されている氷の中級精霊フェンリル様ね。

「ご、ご挨拶が遅れて申し訳ありません、シルフィー様」

私が来なかった時のアレクの末路《ティースプーン》を見て内心で苦笑をもらしつつ、頭を下げた。

「とんでもありませんわ！　ヴィオラ様、よかったら私のことは本当の妹のように接してくださると嬉しいです。ぜひ親しみを込めてシルとお呼びください。その代わりに私も、ヴィオお姉様とお呼びしてもよろしいでしょうか？」

いきなり愛称呼び？　い、いいのかしら？

「（ヴィオ、言うとおりにしてあげて）」

戸惑《とまど》っていると、耳元で囁くようにアレクの声が突然聞こえてきて、驚きで心臓が跳ねた。

どうやら私にだけ聞こえるよう、風に声を乗せて伝えてきたらしい。便利ね、風魔法。

「は、はい。もちろんですよ、シル」

「ありがとうございます！　ヴィオお姉様！」

シルフィー様は嬉しそうに笑っている。どうやらこれでよかったらしい。

色々質問攻めにされるのかと構えていたものの、その気配は微塵もない。

美味しいお茶とスイーツを頂いて、胃が幸せで満たされている。

「ところでヴィオ、覚えてるかい？　昔、花祭りで迷子になってた女の子を助けたこと」

「花祭りで女の子……？」

珍しい花がたくさん売りに出されるから、城下で開催される花祭りには毎年参加している。

そういえば会場の外れで、不安そうに周囲をキョロキョロとしながらぽつんと佇んでる女の子がいて、保護してあげたこともあるわね。

「それ、お忍びで花祭りに参加してたシルだったんだよ」

「え……」

「ヴィオお姉様。このハンカチに見覚えはございませんか？」

差し出されたのは、私が下手くそに縫ったバラの花が刺繍されたハンカチだった。

「こ、この刺繍は！　お恥ずかしながら、この歪さは確かに私が昔縫ったものですわ」

なんて恥ずかしいものを……穴があったら入りたい！

「僕、これ見て一目でわかったよ。シルを助けてくれた人の正体がね」

私が刺繍を入れたハンカチを見て、『四角い花びらなんて初めて見たよ』ってお腹抱えて笑ってたこと、今でも覚えてるわよ、アレク！

目の端にたまった涙を拭いながら、『君にも苦手なものがあったんだね』って笑うから悔しくて、これでもかなり練習してなんとかバラとわかる程度までには上達した。

相変わらず花びらは角張っているけどね！

曲線を縫うのが苦手なのよ、仕方ないじゃない！

悲しきことにそこが私の限界点だったらしく、それ以上の上達は見込めなかった。

「誰もが見向きもしない中、不安で押し潰されそうだった私に、ヴィオお姉様は優しく声をかけてくれました。そして涙を拭えるように、このハンカチを差し出してくださったのです」

あの時の少女がまさかシルフィー様だったとは。

一緒にお祭りを見て回りながら、はぐれた家族を捜してたんだよね。

「身分にとらわれず、困っている者に迷わず手を差し伸べるヴィオお姉様の優しさと行動力に感銘を受け、私もそうでありたいと思うようになりました。だからヴィオお姉様は私にとって憧れなのです。あの時は助けていただき、誠にありがとうございました」

「いえいえ、私は当然のことをしたまでで！」

だって困ってる女の子を放っておけないよ。

あのまま放っておいたら危険なことに巻き込まれたかもしれないし。

「後日正式にお礼をしたかったのですが、お忍びで出かけていた手前それもできずに……」

お忍びとはいえ、もしもシルフィー様の身が危険にさらされたとあれば、彼女の近しい侍女や護衛騎士たちは責任を取らなければならないだろう。

「ご安心ください、シル。私もお忍びで花祭りを楽しんでいたので、逆に助かりましたわ！」

胸を張ってそう答えたら、堪《こら》えきれなかったのか、アレクが突然笑いだした。

「まったく、とんだお転婆姫たちだな……っ！」

「アレクに言われたくないわ！」

「お兄様に言われたくないですわ！」

「えぇ……そんな声を揃えて言わなくても……」

声が重なり顔を見合わせた私たちは、そう言って目を丸くするアレクに思わず笑ってしまった。

「城下でよくフラフラしてるのは、どこの誰かしらね？」

「そうですよ！　お兄様の真似《まね》をしただけですわ！」

「えっ、僕のせいなの？」

思わぬ飛び火に慌てたアレクは、シルフィー様に諭すように話しかける。

「シル、普段からよく言ってるだろ。真似をするなら『ウィルフレッドお兄様の真似をしなさい』と。『決して僕の真似をしてはいけないよ』と」

「もちろん、ウィルお兄様にはたくさん学ばせていただいておりますわ。ですが私は、アレクお兄様のいいところも真似しているだけですのよ」

「ゴホン！　僕がよく城下へ行くのは、民の声を聞くためさ。決して遊びほうけているわけではないんだぞ？」

「ええ、知っていますわ！　ですから私もあの時、アレクお兄様のように民の声をよく聞いて、見聞を広めるために、城下へ行きたかったのですわ」

シルフィー様の審美眼が優れているのは、こうして誰の長所でも素直に認めて学ぼうとする姿勢の積み重ねと努力の結果なのね。

「フフフ、これは完全にアレクの負けね。止められないなら、安全に行く方法をきちんと教えておくのが、兄の責任だったのではなくて？」

「そう言われると、ぐうの音もでないな……」

苦笑いを浮かべ、アレクはようやく負けを認めた。

「ご安心ください、ヴィオお姉様。お兄様はその後きちんと、忍んで城下へ行く方法を教えてくださいました！　ですので今は、民に紛れてカフェでお茶を楽しむのも朝飯前ですわ！」

「アレク……」

「いや～その、社会勉強だよ、社会勉強！　でもシル、兄上には絶対に内緒だからね？」

「ええ、もちろんですわ！　これ以上ウィルお兄様の心労が増えてしまっては大変ですもの！」

「そうそう、頭の固い兄上の健康のためにも気を付けるんだよ?」

「はい、アレクお兄様!」

アレクとシルは本当に仲がいいのね。微笑ましい光景を眺めながら、胸にチクリと痛みが走る。

昔はお兄様も、優しかったわね。まだお母様が元気だった頃、家族みんなでピクニックに行って、お兄様はデイジーの花で冠を作って私とマリエッタの頭に被せてくださった。

あのように変わられてしまったのは全部、私のせいだ。

「……ヴィオお姉様?」

いけない、ボーっとしてしまっていたわ。

「シルはお兄様方をお手本にして、普段から熱心に学ばれているのですね。尊敬いたしますわ」

「もちろんヴィオお姉様も、私のお手本ですわ! 王立アカデミーで不動の一位をキープされた優れた知性に、誰もが振り返るその容姿端麗なお姿に加え、品行方正に振る舞う姿勢。どれをとっても私の憧れで完璧ですわ!」

えっと、それは誰のことでしょうか?

思わずティーカップを落としそうになった。

羨望の眼差しをこちらに向けてくるシルの視線から、私のことを言っているのは聞き間違いではなかったらしい。すごく好意を寄せられているのを感じるけれど、実際は違うだなんて、口が裂けても言えず、背中にはタラタラと冷や汗が流れた。

勉強もマナーも確かに頑張った。しかしそれは全て、好きな植物を育てて調香を楽しむため。だってお父様があの温室を作ってくださった時に約束したんだもの。

好きなものに没頭しすぎてやるべきことを疎《おろそ》かにしてはいけないと。とても不純な動機でやってきた手前、シルの無垢な眼差しがグサグサと突き刺さって胸が痛すぎる。

や、やばいわ。シルの私に対する憧れのハードルが、少し高すぎやしませんこと？

ちょっとアレク、なんとかしてちょうだいよと目配せすると、任せろと言わんばかりにウィンクを返された。

「シル、ヴィオのことがよくわかってるね！　でも肝心なことを忘れているよ」

「肝心なこと、ですか？」

「そう。ヴィオはね、植物博士なんだ」

「はっ！　そうでしたわ！　ヴィオお姉様の植物に対する造詣の深さ、優れた調香技術から生み出される優美で繊細な香りのハーモニー。頂いた香水の素晴らしさに感動していたのですわ！」

「シル。さ、さすがに買いかぶりすぎですわ。お恥ずかしい……」

お調子者に期待した私が馬鹿だった。アレク、さらにハードルを上げてくれたわね！

「そんなことありませんわ！　正直、市販の香水はそのまま使うには香りも強すぎてきつく、匂いの持ちも良くありません。それに比べてヴィオお姉様の作られた香水は、心地のいい優美な香りがとても長持ちします。しかも時間の経過で香りが変化するため、最後までわくわくしながら楽しめますのよ！　毎日、使うのがとても楽しみでしたわ！」

どんどん上がっていく理想像が重く感じていたものの、シルの嘘偽りのない笑顔で放たれる言葉が、素直に嬉しかった。

本当に私の香水、気に入って使ってくれてたんだ！

「シル。よかったら今度は、シル専用の香水を作らせてもらえませんか？」

「よろしいのですか？」

「この前の香水は女性向けで無難な配合にしていたので、シルにお似合いのものを作ってみたいのです」

「ありがとうございます、ヴィオお姉様！　実は、もう頂いた分を使いきってしまって、とても嬉しいです！」

それから、庭園を散歩しながらシルの好きなものを色々教えてもらった。とても話が弾んで、楽しい時間を過ごしながら、ふと北方へ嫁いだ妹のことを思い出す。

マリエッタは私の趣味にあまり興味なかったから、こうやって好きなものを語り合うこともあまりなかったわね。土からひょっこりと顔を出したミミズを見て以来、温室にも来なくなってしまったし。あの子は今ごろ、元気にやってるかしら。

❖❖❖

アレクと婚約して一週間が経った。シルにお似合いの香水を作るべく、調香専用の作業部屋で奮起していると、「大変です、ヴィオラ様！」と侍女のミリアが息を切らせてやってきた。

リーフがさっと姿を消して、私の肩にしがみ付いてくる。やはりまだ人前で堂々と姿を現すのには抵抗があるらしい。それでも外に逃げなくなった分だけ、成長したわね。

「招待状がこんなに届いておりますが、いかがなさいましょう？」

「えっ、そんなに……？」

ミリアが両手いっぱいに抱えて持ってきたかごには、ありえない量の招待状が入っていた。温室に移動して備え付けのテーブル席でかごの中を確認すると、ざっと見てもいつもの十倍以上の招待状がある。しかもろくに話したこともない家名からもかなりきてるわね。

アレクとの婚約効果なのかしら？

王位継承権を放棄しているとはいえ、民からの支持が高いアレクは人気者だ。羽振《はぶ》りがいい大商会も持っているし、お近づきになりたい貴族も多いのだろう。

『ヴィオ、パーティーに参加する時は必ず僕に声かけてね。エスコートするから！　一人で参加しちゃダメだからね！』

アレクにそう言われた手前、迂闊に参加の返事もだせない。

試しに目に付いた招待状を開封してみると、『香水のことでお聞きしたいことがある』と書いてあった。大して話したこともない令嬢が、なぜ私の趣味をご存じなのかしら？

「とりあえず爵位ごとに分けて、懇意にしている方以外の招待は全てお断りで返事をお願い」

「かしこまりました」

手紙をかごに戻してミリアが退室したあと、私は作業部屋へ戻った。

今度アレクに会った時に予定を聞くとして、それより今はシルの香水を作るほうが大事だわ！

「リーフ、もう大丈夫よ」

硬直していたリーフはほっと安堵のため息をもらすと、作業台へ移動して腰を下ろした。

「うん、つづきやろう。シルフィーおうじょ、どんなひと？」

「見た目は可愛らしいお姫様よ。優れた審美眼をお持ちの方でね、周囲の人のいいところを見習って頑張る努力家でもあるの」

「がんばるおひめさま……だいじ？」

「ええ、大事よ。新しい家族になる方だから、これからもっと仲良くしていけたらいいわね」

バラが好きだと仰っていたから、できればその香りを軸に作りたい。甘いものもお好きのようだったし、くどくない程度にバニラの香りをブレンドするのもいいわね！

可愛らしいシルの魅力を最大限に引き出してくれるはずだわ。ついでに、お部屋で楽しめるアロマミストも作っちゃおう！

そんなこんなでリーフと一緒に試行錯誤して作業していると――。

「やぁ、ヴィオ。お邪魔するね」

私の温室によくアレクが訪れるようになっていた。

「いらっしゃい、アレク。また来てくれたのね」

「うん。本当は毎日だって通いたいくらいだよ」

「毎日？　それはちょっと来すぎではなくて？」

肩の上で、『まいにち、だめ』とリーフが呟いた。

神出鬼没なアレクはリーフにとって、残念なことに未だ警戒の対象なのよね。

『アレク、はなしながい。ぼく、にわであそんでくる』

そう言ってリーフは温室から出ていってしまった。まぁ、慣れるまでは仕方ないわね。

最初はミリアが用を告げに来ただけで、脱兎のごとく逃げ出していたし。

「今までどれだけ僕がここに来たかったか、ヴィオは知らないでしょ」

「うん、知らない」

婚約が公のものになってからというもの、三日に一度は来てる気がする。

本人曰く、忍ばなくていいって素晴らしいそうだ。

「ここはね、ヴィオの香りそのものなんだよ。だからこの温室にいると、僕は君に優しく包まれているような感覚になれるんだ」

そう言って、アレクは自身の身体を抱き締める。

どうしよう、なんでそんな発想になるのか理解できない。でも忙しい中わざわざ私に会いに来てくれているわけで、わからないなら歩み寄ることは大切だよね？

「アレクは、私に抱き締めてほしいの？」

「それはもちろん！」と頷くアレクの背後に立ち、椅子に座る彼の背中をぎゅっと抱き締めた。

「どう？　これでいい？」と彼の耳元で尋ねても、返事がない。その時、アレクの首筋からほんのりと甘いエキゾチックなサンダルウッドの残り香が鼻腔をくすぐった。

「アレク、いい香りがする」

私があげた香水の香りだ。使ってくれてるんだ、嬉しいな。

香りを堪能していたら、プルプルとアレクの肩が震えていることに気付いた。

「ねぇ、アレク。これじゃだめなのかな？」

不安になって声をかけたら、「……いよ」とアレクが呟いた。

しかし声が小さくてよく聞き取れない。離れようとすると手を掴まれて、「もう、ヴィオはずるいよ……」と振り返ったアレクになぜか責められた。

ええ、なんでそうなるの？

抱き締めてほしいって言ったのはアレクなのに。何か間違っていたのかしら？

「君は自分の作った香水の匂いが好きで嗅いでるだけなんだろうけど、でも、それでも！　そうやって抱き締めてくれるのが、僕はすごく嬉しいって思ってしまうんだ」

「アレク、それは少し違うわ」

「何が違うのさ？」

「私の作った香水と、アレクが本来持つ香りが混ざって作られたこの匂いが、好きなのよ」

同じ香水でも肌との相性で香り方は異なる。アレクの肌に馴染んだ香りは心地いいのよね。

「……っ！」

「それにね、私がそばにいるのに……空気なんかで満足されたら、どうしたらいいかわからないじゃない」

「本当に、敵わないな……」

人は心変わりしてしまうものだって、私はよく知っている。マリエッタに婚約者が心変わりしてしまったのは、私が彼等に興味を抱かなかったのも原因の一つだと思ってる。

だからこそ、今度は失敗したくない。アレクだけは、誰にもとられたくない。

「ヴィオ、く、首が……く、くるしい……」

無意識のうちに力が入ってしまっていたようで、慌てて離した。

「ああ、ごめんなさい！　力を込めすぎてしまったわ！　大変だわ、早く冷やすものを！」

「もう大丈夫だから、ヴィオ。それよりここに座って、見せたいものがあるんだ」

「見せたいもの？」

アレクの隣の席に腰を掛ける。差し出されたのは、王国新聞の『ロイヤル通信』だった。

なんか、テジャヴ感がすごい。一呼吸して新聞を開くと、見出しにはこう書かれていた。

『あのシルフィー王女が認めた幻の香水の作り手、今王室で話題のフレグランスの女神とは？』

またもや変な記事になっているじゃないの！　恐る恐る記事に目を通す。

『今回はレクナード王国一の審美眼を誇るあのシルフィー王女が大絶讃！　時間で香りが変化する幻の香水を作ったフレグランスの女神の正体を探る。なんでもその香水は第二王子のアレクシス殿下からの贈り物で、特別に依頼して作ってもらったものだそうだ』

王女様が大絶賛だなんて、こうして改めて文面で見ると照れるわね！

『また王国騎士団では、ジークフリード団長の持つ魔法のミストも話題となっていた。空間に一吹きするだけで、疲れを一瞬で吹きとばす強力な癒し効果を持つ。その香りを嗅いだものは、楽園へ誘われるような幸福感を味わえるそうだ』

ちょっと待って、これほどの効果が出るのは私が作ったからじゃなくて、リーフが祝福してくれたおかげなのよ！　すごいのは、私じゃなくてリーフなのよ！

『両者で共通するのが、どちらもそのフレグランスの女神が作ったアイテムだということだ。アレクシス殿下やジークフリード団長と懇意にしているというフレグランスの女神。その正体は、ヒルシュタイン公爵家のヴィオラ令嬢ではないかともっぱらの噂だ』

「アレク、これは……」

「いい感じで外堀が埋まってきたでしょ？　ヴィオの香水に皆が注目するのは、もう時間の問題さ。そこで一つ提案があるんだ」

「提案？」

「ヴィオ、僕と一緒にフレグランスの専門店を開こうよ！　社交界に蔓延《はびこ》る悪臭を、一掃するために！」

わ、私の香水を売りに出すの？

とても冗談で言っているようではないし、アレクは本気のようだ。

「ヴィオ。最近、やたらと招待状がきたりしていないかい？」

「そういえば、前よりかなり増えてたわ。アレクと婚約した効果かしらね」

「多少はそれもあるだろうけど、彼等はヴィオと繋がりをもって、今話題の香水を作ってもらおうとしているんだよ」

「確かにさっき見てた招待状にも、香水のことが書かれていたわ。話を聞きたいって」

「そんな依頼を全て引き受けていたら、ヴィオが過労で倒れてしまうよ。それに、僕と過ごす時間も減ってしまうでしょ？」

「もしかしてアレク、寂しいの？」

「うん、寂しい！」

清々しいくらいに言いきられてしまって、少し照れるじゃない。

「それに今まで散々腫れ物扱いしておいて陰口叩いてたくせに、立場が変わった途端《とたん》に近づいてくるような奴等なんかに、ヴィオの大切な時間と労力を無駄に使ってほしくないんだ」

「アレク……薄々感じてたけど、貴方って意外と独占欲が強かったのね」

「安心して、ヴィオ限定だよ！　今までそばにいられなかったから、一分一秒でも長く君と過ごしたいんだ」

それだけ私のことを好きでいてくれることに喜んでいいのか、少し重たすぎると悲しんでいいのか、よくわからなくなってきたわ。

逆の立場で考えたらいいのかしら？　もしアレクが、他の誰かのために無理してずっと何かを作っていたとしたら——想像して、心に少しモヤモヤしたものが生まれた。

「そうね、私もアレクと一緒にいたいわ」

「ヴィオ……！」

嬉しそうな顔でこちらを見つめているアレク。その背後には私の育てた花たちが咲いていて、切り取ったらなんて美しい絵画になるだろう！

「だってお花に囲まれたアレクは、とても絵になってかっこいいもの。この美しい花たちにも負けない王子様にはどんな香りが似合うのか考えてると、とてもわくわくするわ。新たなインスピレーションを得られるもの！」

「結局そっちにいっちゃうんだね？　僕の束の間の喜びを返して！」

「どうして？　貴方と一緒にいたいって気持ちは同じなのに？」

「それはそうなんだけど……ううん、いいや今はそれでも。少しでも僕のことを考えてくれてるなら、それだけで嬉しいから」

「でもアレク、お店で香水を売るってなると、たくさん作らなくてはいけないでしょ？　一人だと大変だから、手伝ってくれる人が欲しいわ」

どれくらい売れるのかわからないけれど、販売するってなると種類も揃えないといけないだろう。全てを私一人でやるのは、さすがに無理がある。

「任せて、僕に考えがあるんだ。今度一緒に、ヴィオと相性のいい助手を見つけに行こう！」

どうやらすでに候補がいるらしい。彼の人を見抜く目は確かだし、期待してもよさそうね。

❖❖❖

一週間後。私はアレクの視察に同行して、王都の北側に位置するアムール地方に来ていた。

どうやらここに、スカウトしたい助手候補がいるらしい。

北から北西に延びるグレイス山脈に近付くにつれ、カンカン、コンコンと、甲高い金属音が聞こえてきた。崩落事故のまま放置されていた宝石鉱山はきちんと整備されているようで、採れた鉱石が流れるように見慣れない乗り物で運ばれている。

「ねぇ、アレク。あの乗り物は何？」

「あれは運搬用の魔道列車だよ。重たい鉱石を人力で運ぶには限界があるからね。作業を効率化するために作ったんだ。あそこの建物で採れた鉱石から魔石を選別してるんだ」

魔道列車に立派な作業場。こんな大がかりな魔道設備なんて、アレクの大商会にしか作れないでしょうね。

「ここって宝石鉱山じゃなかったの？」

「宝石も採れるけど、良質な魔石の宝庫でもあるんだ。魔道具に魔石は欠かせないし、加工技術を知っておけばその知識は彼等の財産になる。我がノーブル大商会にとって今やアムール地方は、大事なビジネスパートナーなんだよ」

復興させて新たな仕入先と人材を確保したのね。さすがというか、抜け目がないというか。

こうして人脈の輪を広げて手堅く商売しているのね。

そんな話をしながらグレイス山脈のふもとに近付くと、人々の住む集落が見えてきた。

「殺伐《さつばつ》として怖いイメージがあったんだけど、とてもスラムだったとは思えないわね」

市街地は露店も賑わい、とても活気にあふれていた。浮浪者の姿はなく、行き交う人々の身なりも整っており、城下にある市街地と生活レベルの遜色はないように見える。

「ここに来たばかりの頃は、いつも背中を狙われていたよ。特によそ者には厳しくてね。人々は今日を生きるのに必死で、家族や友人、恋人のために窃盗や恐喝は当たり前だったんだ」

「え……怪我とかしてない？　大丈夫だったの？」

「ラオやジンのおかげで魔法が使えるし、剣術の心得もあるから問題はないよ。心配してくれてありがとう」

確かに雷の精霊獣や風の上級精霊と契約を交わしているアレクは、雷と風の魔法が使える。

でも背後からの攻撃よ！

そんな危険と隣り合わせの生活をしていたなんて思いもしてなかった。

しかも悪政を強《し》いて逃げ出した領主のせいで、領民は領主にいいイメージを持っていないだろう。反発も強かったに違いない。それこそ集団から袋叩きに……って恐ろしい想像をしていたら、なぜか街道には人が集まってきていた。

「アレクシス様よ！」

「ようこそお越しくださいました！」

車窓の外には、こちらの馬車に向かって笑顔で手を振る領民たちの姿があった。

何よこれ、まるで英雄の凱旋パレードみたいじゃない。

「アレク、すごい人気ね」

「僕はもう、ここの領主ではないんだけどね」

「偉大な功績を残したんだもの、謙遜しなくてもいいじゃない」

「僕はただ、困ってる人々の声を聞いてどうすればいいか考えただけだよ。ここまで発展させられたのは、彼等自身の頑張りがあったからなんだけどな……」

昔から思ってたけど、アレクって私の香水はすごく評価してくれるのに、自己評価が低すぎるのよね。

誰にでもできることじゃないことを涼しい顔でやってのけるのに、皆に助けられたからだよって自分の力だとはまったく思ってない。それが親しみやすい第二王子のいいところだと言ってしまえばそうではあるんだけど、なんだかもったいない気がした。

「困ってる人々に寄り添って、同じ立場で考えて改善しようと努力してきた貴方の頑張りは、本当にすごいと思うわ。だからアレク、貴方はもっと誇ってもいいのよ！」

今まで任命された領主たちは、その任務を罰ゲームのように捉えていたと聞いたことがある。

現状維持を最高の目標として掲げ、根本から問題を解決させようとする臨時の領主なんていなかった。任期が終われば、もうそこに住むことなんてないんだから。

でもアレクはそこで苦しむ領民たちを助けるために、三年という短い期間でできる限りのことをした。アムール地方がここまで発展できたのは、そんな基盤を作り上げたアレクの功績が大きい。陛下もそれがわかっているから、爵位と領地をお与えになったのだろうし。

「ヴィオにそう言ってもらえると嬉しいな。もっと褒めて？」

「本当にすごいと思うわ。よく頑張ったわね……って、なんでマジマジとこっち見てるのよ」

「だって、ヴィオがツンツンしてない。デレデレしてる」

「デレデレって、私だってすごいと思うことは素直に褒めるわよ！　アレクこそ、こういう時は素直に認めなさい！」

アレクは頷くと、弾んだ声で「ありがとう！」とお礼を言った。こちらに向けられる、屈託《くったく》のない笑顔がまぶしい。でもアレクがこうして少年のように笑うときって……。

「じゃあさ、ヴィオ。頑張ったご褒美《ほうび》ちょうだい」

やはり、すぐ調子に乗るのも相変わらずね。

でもこれだけすごいことをしたんだから、お祝いとして何かしてあげたくはあるわね。

「どんなご褒美が欲しいの？」

「ヴィオにドレスを贈りたいんだ」

「えっと、それのどこがご褒美なの？　アレク、熱でもあるのかしら？」

「ずっと夢だったんだ。その、ヴィオと対になる衣装を着てパーティーに参加するのが……」

そういえば、仲がいい恋人や夫婦はペアとなるように衣装を仕立てて、よくパーティーに参加しているわね。よくイザベラが自慢していたのを思い出したわ。

「それは構わないけど、他にないかしら？　それだとご褒美とは言えない気がするのだけど」

「僕にとっては素晴らしいご褒美だよ！　ヴィオの魅力をもっと引き出すと同時に、君が僕のレディだって皆に主張できるんだから！」

アレクがそれを望んでいるのはよくわかったけれど、私も何かしてあげたいんだけどな。

ペアのものを喜ぶんだったら――。

「わかったわ。それなら私は、ペアフレグランスを作るわ」

「ペアフレグランス？」

「それぞれが異なる香りだけど、重なることで調和して一つの香りになるの。どうかしら？」

「ヴィオと、香りが一つに……」

なぜか突然手で顔を隠してしまったアレクに、私は慌てて別の提案をする。

「い、嫌なら違うのにするわ！」

「嫌なわけないよ！　すごく嬉しくて、想像したら恥ずかしくなって……」

「変なアレクね。お揃いの衣装を着てるほうが、目立って恥ずかしそうなものだけど」

「僕は今、ジンと契約して心底よかったと思ってるよ」

「どうして？」

「だって一つになった僕とヴィオの香りを、どこまでも風に乗せて運べるじゃないか！　そして皆に知らしめて自慢できる！」

「そんなことにジン様を使っちゃいけないわ」

「ジンは協力してくれるよねー？」

小さな竜巻の中から、雄々しい人型をした風の上級精霊ジン様が現れた。

人型の上級精霊なんて久しぶりに見たわ。

昔お父様が紹介してくださった、火の上級精霊イフリート様以来ね。

『それがアレクシスの望みならば、叶えてやろう』

「ほら、大丈夫でしょ？」

「いけません、ジン様。それは力の無駄遣いです！」

『ふむ。しかしアレクシスは、我を救ってくれた。望みは全て叶えてやりたい』

「ジンは本当にいい子だね」

精霊自身が使う魔法の効果は、契約した人間が借りて使うのと雲泥の差がある。

上級精霊であるジン様の風魔法で香りを拡散したら、効果が増幅して会場中を強い香りで埋め尽くしてしまうわ。そんな匂いテロなんてごめんよ！

「アレク、そんなに広範囲に香りを充満させてしまったら、貴重性が失くなってしまうわ」

「貴重性？」

「香水の香りっていうのは、近くにいないとわからないものでしょ？」

「うん、そうだね」

「その香りを嗅げるのは、近しい者の特権よ。私はその特権が失われてしまうのが悲しいわ」

そう言ってわざと顔を伏せた私は、伏し目がちにアレクを見てさらに訴える。

「だってアレクのそばにいていいのは、私だけでしょ？」

「ごめん、ヴィオ。僕が間違ってた！　ジン、さっきのはなしで！」

『承知した』

よし、これで阻止できたわ。作戦成功ね！

「ふふふ、言質はとったわよ」

「……え？　もしかして、ヴィオ……僕を騙したの？」

「騙してはないわ。本当のことしか言ってないもの」

私の笑顔が胡散臭《うさんくさ》いと言わんばかりに、アレクは「本当に？」と疑いの眼差しを向けてくる。

「ええ、言ったでしょう。私は香水とアレクの合わさった香りが好きだって。好きなものは、一人占めしたくなるでしょ？」

「……うん。やっぱりヴィオは、ずるい……」

そう呟いて、アレクは赤く染まった頬を片手で隠しながらそっぽを向いた。

『アレクシス、顔が赤い。冷やすか？』

「あー、うん、お願いできる？」

『承知した』と短く返事をしたジン様は、風で優しくアレクの火照った顔を冷やしていく。

ふふふ、本当に仲のいいコンビね。微笑ましいアレクとジン様のやり取りを見ていたら、どうやら目的地に着いたようだ。


「アレクシス様が来てくださったぞ！」

アレクが馬車を降りると、庭で遊んでいた子どもたちが、彼のもとへ駆け寄ってきた。

「みんな、久しぶりだね。元気にしてたかい？」

「うん！　とっても元気だよ！」

笑顔で答える子どもたちを見て、アレクは優しく目を細めて彼等の頭を撫でた。

「それならよかった。今日はね、皆に紹介したい人がいるんだ。ヴィオ、おいで」

な、泣かれたりしないわよね？　以前参加したお茶会で、初対面の子どもに挨拶をしただけで泣かれた苦い記憶が脳裏をちらつく。

口から火も吐かないし、視線が合っただけで石になんてならないからね？

気さくに、気さくに挨拶を！　緊張しながらアレクにエスコートしてもらって馬車を降りると、子どもたちのキラキラした眼差しに囲まれた。

「うわー、すっごく綺麗！　アレクシス様、このお姉さんがそうなんだね！」

「ああ、そうさ。僕の大切な婚約者だよ」

「初めまして、ヴィオラ・ヒルシュタインよ。みんな、よろしくね」

できるだけ自然に笑顔を作って挨拶をすると、子どもたちが次々に自分の名前を教えてくれて内心安堵する。

ちょうどその時、「アレクシス様、院長先生を連れてきたよ！」と、元気な男の子が穏やかそうな印象を受ける壮年の男性の手を引いて走ってきた。

「お待ちしておりました、アレクシス様、ヴィオラ様。ラジェム孤児院の院長を任されております、ラムダと申します」

丁寧に腰を折り曲げて挨拶してくれたラムダさんに、私も会釈をして返す。

「院長、例の件で来たんだ。少し見学してもいいかい？」

優しそうな院長と元気な子どもたちに囲まれているアレクを見てると、確かにここは孤児院に見える。しかしその後ろにある立派な施設は、どう見ても普通ではない。

「もちろんでございます。見学が終わりましたら、院長室のほうへお立ち寄りください。温かいお茶をご準備しております」

それからアレクと一緒に孤児院を見学したわけなんだけど、隣を歩く彼の袖を引っ張ってこっそりと声をかける。

「あの、アレク……ここって本当に孤児院なのよね？」

「うん、そうだよ。子どもの可能性って無限大だと思うんだよね。だから色んな経験をさせて、その中で自分の得意なことを伸ばしていけるように、学舎も併設してるんだ」

まぁそれならと半分は納得できた。真剣に勉強に励んだり、外で運動したり、花壇の世話をしたりしている子どもたちの姿は自然体そのもの。

でも残り半分は、それでも説明つかないと思うんだけど。学舎とは真逆の活気のある施設に視線を向ける。

「じゃあ、あっちのエリアは何かしら？」

どう見ても商店街にしか見えない。

規模の小さい商店街が敷地内にあるから、孤児院にも学舎にも見えなかったのだ。

「あっちはね、学んだことを生かす場だよ。孤児院を経営するのにも費用がかかるし、それを税金や寄付だけで賄おうとしても貧しい生活しかできない。だから足りない分を補って、自分たちで稼ぐ手段を身に付けながら社会勉強できる場所さ」

「つまりこの孤児院の子どもたちは、ここで暮らしながら勉強して、働いてもいるってこと？」

「そんな感じかな。将来困らないように、大人になれば即戦力として働ける人材の育成を目指してるんだ。培ったノウハウは上から下の子たちへ受け継がれていくよ。最近は外部からもここで学ばせてほしいって申し出が殺到してるみたいでね、うまくいっているか様子を見に来たんだ」

一通り見学させてもらって、院長室でひと息つく。この孤児院すごい。

改めてアレクのすごさを思い知った。こんなことができるの、彼以外きっといないわ。

孤児院の隅々に至るまで、子どもたちの長所を伸ばしながら、意欲的に学びたくなる工夫がされていた。

例えば生活面においては、ありがとうボックスというのが設置されていて、月に三回まで感謝を伝えたい相手に短いメッセージを書いて投函《とうかん》できる。

普段から自然と相手に感謝をして褒めるくせがつくし、もらったメッセージで自分の長所も見えてくる。

一か月に一回、一番多くのメッセージをもらった子にはご褒美がある。

そのご褒美は、学舎で使える特権カード。一か月間、他の子より体験学習の時間を少し長く学べるなど、勉強面において優遇されるというもの。

子どもたちが自然と円満な人間関係を築けるようになり、長所を磨きながら、自分の興味のある分野をもっと学びたいという意欲に繋がる。この他にも様々な工夫が施されており、外部からもここで学ばせたいって殺到する理由がよくわかった。

これだけの設備投資をする財力もすごいけど、幼いうちからこれだけ世界の仕組みを学びながら楽しく働ける場所なんて、きっと他に存在しない。

しかも売られている商品にもランクがあって、子どもたちが切磋琢磨しながらよりよくしていきたくなる工夫も施されていて、向上心がぐんぐん育つ。ここの子どもたちの目が皆キラキラ輝いているのは、本当にここが楽しくて仕方ない証拠だろうし。

まさしくハイブリッド孤児院……アレクが陛下の出された難題任務をクリアできた理由が、わかった気がした。彼は一時凌ぎでやってたんじゃない。

将来を見越して、本当に人々が困らないように、自分たちでやっていく術を身に付けさせていたのだ。徹底的に、隅から隅まで。この孤児院は、そのほんの一角にすぎないのだろう。

「アレク、貴方本当にすごいわ……」

「今日はよく僕のこと褒めてくれるね。嬉しいな」

「これも普段からお城を抜け出して、社会勉強に励んだ日々の賜物ね！」

「あれれ、それ褒めてないよね？」

「いいえ、褒めてるわよ。ここまで平民に寄り添える王族は、きっとアレクしかいないもの」

「貴族たちは兄上がきっちりまとめてくれるし。何も持ってなかった僕は、自分にできることを必死に探すしかなかったからね……」

アレクがこの采配を貴族社会でも遺憾なく振るっていたら、それこそ王位継承を巡ってかなりひどい争いになっただろう。自分の立場を理解した上でアレクは、どうすれば争わずに皆が平和に暮らせるか、考えて実行してきた。

アレクは何も持ってなかったんじゃない。

持とうと思えば簡単に持てたものをあえて持たずに、別の道を必死に探して頑張って掴んできた。

「アレク。私は貴方のその優しくて努力家なところが大好きよ」

ただそのせいで、随分遠回りもしちゃったんだろうけど。得られたものは大きいはずだ。

「き、急にどうしたの、ヴィオ……」

「ただ思ってたことを素直に伝えただけよ。おかしいかしら？」

「いや、嬉しい。ヴィオに褒めてもらえるのが、一番嬉しい！」

頬を上気させて、アレクは満面の笑みを浮かべている。

「それで、アレク。私の助手を、子どもたちの中から見つけたいのでしょう？」

「うん、そうなんだけど……誰か気に入る子は見つかった？」

「そうね、どの子もレベルが高いっていうのはわかったわ。三人、気になる子がいるの」

壁にはここで暮らす子どもたちの名簿が貼られている。似顔絵と名前、好きなことや苦手なことが書かれた簡易プロフィール付きで。

ソファから立ち上がった私は、目的の子の前に移動して答える。

「まず一人目はエルマ。同じ植物好きとして、ぜひ採用したいわ！」

「確かにエルマなら、ヴィオの助手には最適かもしれないね」

エルマは緑色の髪を三つ編みにした可愛い女の子。年齢は十五歳。

花壇の水やりや、小さい子たちのお世話を率先してやってくれる優しい女の子だ。

「二人目はガジル。彼の優れた嗅覚は調香にすごく役立つと思うの。ただ、夢は料理人って書いてあるから無理なら大丈夫よ」

「彼の鋭い嗅覚は天性のものだからね。ガジルにも一応、話だけしてみようか」

ガジルは赤い髪のやんちゃなイメージの男の子。年齢は十六歳。

料理が趣味みたいで、彼の作るパンやお菓子は商店街で大人気の商品のようだ。スカウトのハードルは少し高そう。

「三人目はジェフリー、彼の優れた接客技術には目を見張るものがあるわ。彼ならきっと、お客様にぴったりの一品を提供してくれそう」

「ジェフリーの物腰柔らかな接客は、確かに多くの人に好まれる。優れた容姿も相まって、彼のファンは多いんだ」

ジェフリーは金髪の容姿端麗な男の子。年齢は十六歳。

社交性が高く、会話をしながらお客さんの要望を自然に聞き取り、的確な商品を選んで販売に繋げている。

高い接客スキルを持って人気も高いようだし、こちらもスカウトのハードルは高そうだ。

「院長。エルマとガジルとジェフリーの三人と、少し話をしたいんだけどいいかな？」

「はい、もちろんです」

館内放送で三人を呼び出してくれて、いざスカウトタイムの始まりだ。

緊張した面持ちでやって来た三人だが、アレクを視界に捉えるなり、「アレクシス様」と嬉しそうに駆け寄ってくる。

「いらしてたんですね！」「俺料理の腕また上がったんだぜ！」「お会いできて光栄です！」と、三人は笑顔で話しかけていた。

ここでも大人気ね。この孤児院の中じゃアレクの存在はまさしく英雄みたいなものなんだろう。

「君たちに紹介したい人がいるんだ。彼女は僕の婚約者だよ」

「初めまして、ヴィオラ・ヒルシュタインです。みんな、よろしくね」

私が挨拶をすると、「エルマです」「俺はガジルだぜ」「僕はジェフリーです」と三人は名前を教えてくれて、「よろしくお願いします」と声を揃えて頭を下げ挨拶をしてくれた。

「実は君たちを呼び出したのは、今度始める事業にスカウトしたいからなんだ。フレグランス専門店を開こうと思ってて、協力してくれる人を探してるんだ。エルマ、ガジル、ジェフリー、君たちの力を借りたいんだけど、どうかな？」

「フレグランスとは、なんでしょう？」と、アレクの言葉にエルマが首をかしげる。

「ヴィオ、持ってきてくれた？」

アレクの問いかけに「ええ、もちろん」と頷き、ポーチから彼等に合いそうな香水を選んで取り出す。赤いボトルをエルマ、黄色いボトルをガジル、青いボトルをジェフリーの前に置いて、私は笑顔で話しかけた。

「よかったら使ってみてね」

ガジルは真っ先に黄色いボトルを手に取ると、くんくんと匂いを嗅いでいる。

どうやら彼はこの中で一番好奇心が旺盛なようね。

「すっげーいい匂いがする！」

「さすがはガジル。キャップを開けてないのにわかるんだね」

「もちろん！　ほら、二人も嗅いでみろよ」

ガジルに促され、エルマとジェフリーもそれぞれ赤と青のボトルに手を伸ばす。

左手首の内側を右手の人差し指で軽くトントンと叩き、「ボトルを少し離してから、軽くここに付けてみてね」と声をかけた。二人は頷くと、ブシュッと手首の内側に香水を吹きかけた。

「お花の甘くて優しい香りがします！」

「こっちは身が引き締まるような爽やかなミントの香りがします」

「俺のは柑橘系のうまそうな匂いがしたぜ！」

「これは植物から抽出した精油をブレンドして作った香水なの。少しずつブレンドを変えることで様々な香水を作ることができるのよ」

「どこにいてもお花に囲まれているようで、とても素敵です！」

エルマが香水を見つめてうっとりとしている。なかなか好感触ね！

「これはヴィオが一人で作ったものなんだ。君たちにはこれの製作と販売を手伝ってもらいたいんだけど、どうかな？」

「私、やりたいです！　こんなに凝縮された植物のいい香りを嗅いだの、初めてですごく興味があります！」

「ありがとう、エルマ」

横目でチラチラとエルマのほうを気にしていたジェフリーが、「エルマが行くなら、僕も行きます」とすかさず名乗り出た。

おっ、これは……なるほど。ジェフリーはエルマのことが大切なのね。

「ありがとう、ジェフリー」

二人目の協力者を得た私の視線は、自然とガジルのほうへ向いた。

「俺は……やってみたい気もするけど、料理が好きだからな……」

どうやらガジルは葛藤《かっとう》しているようだった。

好きなものを諦めさせてまで、無理やり連れていくことはできない。

アレクも私と同じ意見のようで、ガジルに優しく諭すように声をかけた。

「大丈夫だよ、ガジル。僕たちはあくまでお願いに来ただけだから、自分の夢がしっかりあるなら、それを頑張ってほしいと思ってる。君には料理関係の別の仕事を斡旋することもできるしね」

「えっ、本当に？」

「最初は、見習いからのスタートになるけど、僕の経営してるレストランに雇用してもいいし、僕たちの住む新居の料理人も探してるなぁ、そういえば」

「俺、料理を仕事にしたい！　だからごめんなさい、ヴィオラ様……」

申し訳なさそうに目を伏せるガジルに、私は気にしないでと首を左右に振った。

「謝らなくていいのよ。いつか、ガジルのお料理食べさせてね？」

「もちろんです！」と頷いたガジルは、私の後方にあった時計を見て、慌てて立ち上がる。

「ああ、すみません！　そろそろ仕込みを始めないといけないので、お先に失礼します！」

「頑張ってね」と皆でガジルを見送ったあと、アレクは懐から小型収納魔道具のアタッシュケースを取り出した。そこから二冊の本を選んで、前に座るエルマとジェフリーに渡す。

「二人には、お店ができるまで勉強しておいてほしいことがあるんだ。植物図鑑と貴族への接客について詳しく書かれた本だよ」

パラパラと植物図鑑をめくったエルマの顔が、おもちゃ箱を初めて開けた幼子のように輝きだす。まるで同志を見つけた気分だわ、エルマとは仲良くできそうね。

「こんなに詳しくお花のことが書かれた本、初めて見ました！」

「確かに。花にはそれぞれ秘められた言葉が存在するんですね」

楽しそうなエルマとは対照的に、ジェフリーは冷静に植物図鑑に視線を落としている。

「花言葉を知っておけば、何を買おうか悩むお客様にアドバイスができるからね。例えば……ジン、例のものをくれるかい？」

『承知した』

示し合わせていたかのように返事したジン様が、風の球体をアレクの手元に召喚した。

中から現れたのは、一輪のバラのブーケ。なぜかそれをアレクは私のほうへと差し出してきた。

「ヴィオ、これは僕の気持ちだよ。受け取ってくれる？」

赤いバラの花言葉は『愛情』――しかも一本だとその意味は……。

「アレクシス様の『一目惚れ』だったんですね！」

「いや、エルマ。この場合は『貴女はたった一人の運命の人』って解釈のほうが合ってるんじゃないかな?」

「確かに、気持ちを伝えるならそっちのほうが合ってるね」

エルマとジェフリーが植物図鑑を見ながら、バラに込められた意味を解読し始めた。

顔から火が出る思いを抱えながら、動揺を悟られないようなんとか口を開く。

「あ、りがとう……」

してやったりと言わんばかりに、満足そうにこちらを見て微笑むアレク。そんな彼を、あとで覚えてなさいよと睨み付けてやった。

「もしお客様がどれにしようか悩まれていた時、その香水に使われた花に込められた言葉を理解しておくことで、接客の幅が広がるだろう?」

「確かにそうですね!」

「すごく勉強になります!」

「優れた商品だから売れて当たり前だと思ってはいけない。このフレグランス専門店は、お客様の幸せな未来をサポートするお店になるんだ。そして君たちは、その仕掛人だ!」

アレクの言葉に、エルマとジェフリーはキラキラと瞳を輝かせる。

「幸せな未来へ誘う仕掛人……」

「すごくかっこいいです!」

ほんと、昔から変わらないわね。

王族としての威厳を持て！　とウィルフレッド様が見たら卒倒しそうな光景だけど、私はこうして身分の垣根を越えて楽しそうにしているアレクが好きだった………好き？

いや、この好きっていうのは友人としてって意味で！

堅苦しく身分にこだわる貴族社会より、こっそり抜け出した城下で緩く過ごすほうが好きだった。どちらかといえばアレクも私と同じような感性を持っていたから、気が合っただけで……好きっていうのはそういう意味だ！

私は何を一人で言い訳しているのだろう……。

無事に素敵な助手たちを見つけ、私たちはラジェム孤児院をあとにした。

帰りの馬車の中で、無意識のうちに隣に座るアレクの方向を見ていたらしい。

「僕の顔、何か付いてる？」

「な、何も！」

恥ずかしくなって視線を前に戻すと、アレクが顔を覗き込んできた。

「ヴィオ、顔が赤い。もしかして熱でもあるんじゃ？」

おかしい。絶対におかしい。顔を覗き込まれただけで、今までこんなにドキドキしたことない。

アレクの大きな手が私の額に触れた。その瞬間、一気に顔に熱が集まる。

もしかして私は自分が気付いていなかっただけで、そういう面で好意を抱いていたの？

綺麗に着飾って参加した晩餐会《ばんさんかい》で、愛想笑いを浮かべながら婚約者と過ごすよりも、城下の屋台で買った軽食を、緑豊かな公園で冗談を言いながらアレクと一緒に食べるほうが楽しかった。

だから婚約者と過ごすのがつまらなかったのね……いつもどこかで、私は無意識のうちに比べていたのかもしれない。アレクと一緒だったらもっと楽しいのにって。

「き、気のせいよ。もう相変わらず心配性ね」

恥ずかしさを誤魔化しながら、自覚した突然変異のような感情を必死に抑えていた。

「それならいいんだけど……」

なんか納得してなさそうな顔でアレクはこちらを見ていた。

「三か月後！　そういえば三か月後に、婚約の御披露目《おひろめ》を兼ねた舞踏会を開催するんでしょう？」

平静を装い話しかけた私は、「そうだった！」とアレクの気をなんとか逸らすことができた。

「ヴィオにお願いがあるんだ。その日に僕は、悪臭蔓延る社交界の歴史に幕を下ろしたい。だからその日までに――」

なかなかやりがいのあるお願いね。いいね、やってやろうじゃない！

❖❖❖

アレクの視察に付き合った翌日、私は少なくなった香料と材料の買い出しに来ていた。

自分で育てられる植物はなるべく温室で育てて精油を抽出しているものの、気候的に育てられない植物の精油や樹木系の樹脂、動物由来の香料素材などはお店で買うしかない。

あとは精製水や高純度のエタノール、蜜蝋やオイルなど、調香アイテムを作るのに必要な材料も補充する必要がある。

馬車を降りると風が強く、雲行きも怪しい。雨が降りだす前に帰れるといいわね。懇意にしている雑貨屋に足を運ぶと、深くフードを被った怪しげな男性が店主に詰め寄っていた。

「頼む、上質な麝香《じゃこう》を全て売ってくれ。金ならいくらでも出す！　このとおりだ」

天然の麝香は稀少価値が高く値段も張る。

そんな高級素材を全て買い占めるなんて、きっと身分の高い方の従者だろう。

貴族男性に麝香は大人気で、最近では数が枯渇してなかなか買えないって噂で聞いたことがある。城下の一般店にまでわざわざ足を運んで買い漁るなんて、大変ね。

麝香とはそもそも、雄《オス》のジャコウジカの腹部から得られる分泌物を乾燥させたもの。

雌《メス》を誘き寄せるセクシーな甘い香りを放つようで、それを付ければ人間の女性も引き寄せられると思っている世の貴族男性には、思いっきり頭から水を被せて回りたい。

正直私は麝香を薄めず塗りたくるような男性とは、最低十メートルくらいは距離をとっておきたい。近付くと確実に鼻が死ぬ。馬鹿になる。

アレクがそんなもの付けてきたら、問答無用で部屋から追い出すわね。

しかもたちが悪いことに彼等は、どれだけ上質な麝香を付けるかを競いあっている節がある。

こういう姿を見ると、アレクが言っていたように社交界の香り改革は必要だなって思うわね。

瓶詰めの上質な麝香を手に入れた男性は小瓶を懐にしまい、そそくさと出口へ向かった。

扉を開けた瞬間突風が彼を襲い、不運にもフードを吹き飛ばしてしまった。

慌ててフードを被り直して、去っていく男性を見て、私は驚きで目を見張る。

ちょっと待って、さっきの男性……第一王子のウィルフレッド様じゃないの！

わざわざ自ら買いに来られるなんて、アレクが香り改革したい理由の一つは絶対これね。

それにしてもレクナード王家の方々は、忍んで城下に来るのが本当に好きね……まぁ、お忍びで出てきた手前、私も人のことは言えないけれど。

早く帰らないとミリアが心配するわね。必要なものを買って私もお店をあとにした。


雑貨屋に行った翌日。ペアフレグランスを作ろうと、私は朝から温室へ来ていた。

「ヴィオ、おはよー！」

「おはよう、リーフ」

いつもどおり挨拶をしたら、目の前には可愛らしい子どもの精霊が浮いていた。

白を基調とした魔法衣には差し色として金と深緑の神々しい装飾があしらわれている。

ほのかに毛先が黄緑色をした白髪ショートヘアの男の子の頭上では、見覚えのある三角の獣耳がピクピク動いていた。

「え、リーフなの？　その姿、一体どうしたの？」

もふもふとした白い毛並みが可愛らしい狐の姿をしていたリーフが、なぜ人型になってるの？

驚きを隠しきれない私の前で、彼は天使のような笑みを浮かべて言った。

「えへへ、進化したんだよー」

「進化？　精霊って進化するの？」

待って、そんなの聞いたことない。精霊は核となった宿り木に秘められた力で上級、中級、下級とランクが決まっている。変動することはないって、授業で習ったわ。

しかも人型になれるのは、上級精霊以上の特別な精霊だけなのに。

もしかして私が思っていたよりもこの子は、すごい精霊だったのかもしれない。

「ヴィオのお手伝いするうちに、少しずつ力の使い方を思い出したんだー！」

それは進化というより、本来の力を取り戻したといったほうが正しいような？

心なしか喋り方も、流暢《りゅうちょう》になってるわね。

「どう？　僕かっこいい？」

リーフは空中でくるっと一回転すると、「ふふん！」と胸を張ってこちらを見ている。

「すごく可愛いわ！」

まるで幼い子が新しい洋服を着て喜んでいるかのような無邪気さだった。

「か、かわいい……僕、かっこよくなりたいのに……」

ぷくっと頬を膨らませながらなぜかショックを受けているリーフに、「すごくかっこいいわ！」と慌てて言い直すと、「ふふっ、ありがとー！」と嬉しそうな笑顔を見せてくれた。

「進化した僕は無敵なの！　だからヴィオ、外でも僕を呼んでね」

「リーフ、無理しなくてもいいのよ？」

「大丈夫、もう鳥にも犬にも猫にも負けないよ！　えいえいって追い払えるもん！　それに……結婚したらヴィオ、ここを離れるんでしょう？　新しい所に僕も行く。置いていかないで」

そう言ってリーフは、翡翠色の目にうっすらと涙を浮かべる。

不安に駆られる彼の頭をいつものように優しく撫でて、私は笑顔で声をかけた。

「大丈夫よ、リーフ。だって貴方は私の大切なお友達だもの。置いていったりしないわ」

「うん！　僕とヴィオはずっと一緒！」

あんなに外に出るのを怯えていたのに……それを克服してでも私と共にいたいと思ってくれているのが、素直に嬉しかった。

「ところで、今日は何を作るのー？」

「ペアフレグランスを作ろうと思ってるの」

ペアフレグランス？　と首をかしげるリーフに、わかりやすく説明をしてあげた。

「それぞれ単体で楽しめる香水なんだけど、合わさると別の香りを楽しめる特別な香水よ」

今回はパーティー会場に相応しい、清涼感のある香りがいいわね。合わさることで、より洗練された爽やかな香りになるような。

リーフと一緒に、まずは爽やか系の精油を全て集めて作業台に移動させた。

試香紙に一滴ずつ精油を垂らして馴染ませる。

「爽やかな香りって、たくさんあるんだね」

「ええ、ここからが本番よ！」

組み合わせたい香りの試香紙を扇状にして手に持ち、軽く揺らして香りを確認。

ひたすら調合の組み合わせを試して、いい組み合わせを見つけたらメモを取る。

候補を絞れたら、今度は精油を何滴垂らすか香りの配合の割合を調整していく。

「ヴィオ、いつもより楽しそう！　誰かにあげるの？」

「一つはアレクにあげようと思ってるわ」

その言葉を聞いて、なぜかリーフはぶすっと頬を膨らませた。

「ヴィオの一番の友達は譲らないもん！　最近ここに入り浸ってるアレク、僕からヴィオを奪おうとしてる」

「リーフ、安心して。今も昔も貴方は私の一番大切なお友達よ。誰かと張り合う必要なんてないの。だって貴方の代わりは誰にもできないんだから」

「じゃあ、アレクは？　ヴィオにとってアレクってどんな人？」

「私にとってアレクは……」

神出鬼没で悪戯《いたずら》大好きな悪たれ小僧。どこからともなく現れてよく驚かされたわね。逃げ回るのになぜか付き合わされて、鬼の形相で追いかけてくるウィルフレッド様に見つからないように王城内を逃げ回るのは、怖すぎて軽くトラウマだったわよ。

思い返したらちょっと腹立ってきた。なんでこんなことしてるのか聞いたら、『兄上は勉強ばっかりで運動不足だから』って聞いて、なんか憎めない奴だって思ったのよね。

彼の行動原理の中にはいつも、誰かに対する優しさが詰まっていた。

まぁ荒療治はどうかと思うこともあったけど、一緒にいて楽しかったのは事実だ。ずっとそんな関係が続けばいいいと思っていた。それなのに……。

「ヴィオ、顔が赤い」

リーフの指摘に、手にした精油の小瓶を思わず落としそうになった。

「た、大切な人よ」

「あれ、それだけ？　いつもはもっと教えてくれるのに？」

「あ、アレクはいずれ、夫になる人よ」

夫ってなーに？　と首をかしげるリーフに、私の羞恥心は限界点を突破しそうになっていた。

しかしここで誤魔化すとリーフは間違った知識を覚えてしまう。

そうよ、それなら世間一般的な概念を教えてあげたらいいんだわ！

「一生の愛を誓い合って、これから共に歩んでいく人ってことよ。お父様とお母様が愛し合って私が生まれたように、人間はそうして家族を作って子孫を残していくの。だからリーフ、できればアレクとも仲良くしてくれると嬉しいわ」

「愛し合って家族を作る……人間にとって、ヴィオにとって大切なこと……うん、わかった！　僕、アレクとも仲良くする！」

なんとか納得してくれたようで、ほっと胸を撫で下ろす。それから精油の配合割合を調整しながら試作品をいくつも作り、ようやくペアフレグランスが完成した。

「もう一つはヴィオが使うんだよね？」

「ええ、そのつもりよ」

「だったらいっぱい祝福してあげるね！」

「ありがとう、リーフ」

アレク、気に入ってくれるといいわね。

浮かれて喜ぶ彼の顔を想像していた私は、完全に見落としていた。自称進化したらしいリーフが施した『いっぱいの祝福』効果が、どれほどすごいものになるのかを……。

間章一

絶望生活の始まり

リシャール様との結婚式を終えて、私はログワーツ領へとやって来た。

空気が澄んでいて、夜はとても綺麗な星空やオーロラを見ることができる。

一面に広がる真っ白な銀世界はとても幻想的で美しく、リシャール様の話では少し寒いのを我慢すれば優雅でのんびりとした生活が送れると思っていた。

だけど実際はもう四月だというのに予想以上に寒くて、厚着をしているのに全身の震えと歯のガタガタが止まらない。銀世界という美しい景色を楽しむ余裕なんてなくて、乗り心地最悪な馬車の中で早くお屋敷に着いてくれと、ただただ祈った。

「マリエッタ、ここからはソリで移動するぞ」

ソリ？　ソリってなんでしょう？

寒い雪道を案内されるまま付いていくと、天井のない乗り物がそこにはあった。

しかもそのソリを引くのは、ホワイトウルフという怖そうな獣の集団。

ガウガウと吠える彼等を見て、「ひぃぃぃぃぃ」と思わず悲鳴がもれてしまった。

「大丈夫だ、慣れればこうやって懐いてくれる」

リシャール様は、わしゃわしゃとホワイトウルフの頭を豪快に撫でる。すると、ホワイトウルフたちは尻尾を振ってリシャール様に飛びかかる。顔をベロベロと舐められながら、「はは、くすぐったいだろう！」と彼は嬉しそうに笑っている。

「少し揺れるが、俺にしっかり掴まっておけば大丈夫だ」

ソリに乗ると、頬を掠める風の冷たさに痛みを感じる。さらにガタンゴトンと激しく揺れるソリに気分が悪くなる上に、落ちそうになる。

怖くなってリシャール様に掴まると、先ほどホワイトウルフにもみくちゃにされてベロベロ舐められたお顔から、悪臭が漂ってきて吐き気を堪《こら》えるので必死だった。

辿り着いたお屋敷は、とてもみすぼらしく狭い。

年季もかなり入っているようで、歩くとギシギシと音が鳴る。案内された私とリシャール様の部屋は、使用人の部屋かと思えるほどの広さで息が詰まりそうだった。

「あまり広いと、暖が取れないから狭くてすまない。王都の屋敷と比べると不便だろうけど、住んでれば慣れると思うから安心するといい」

リシャール様は慣れた手つきで暖炉に薪をくべると、横の引き出しから片手で掴めるくらいの角ばった石と金属の棒を取り出した。

「リシャール様、それで何を？」

「ああ、これは火をつけるための道具だよ」

金属の棒にカチカチと石を擦《こす》り合わせて、彼は器用に火をつけた。

「あの、魔道具は使いませんの？」

「魔石がないから魔力の補充ができないんだ」

確かにお姉様も仰っていた。ここでの生活は不便なところもあると。

でも今時こんな原始的な方法で火をつけるなんて、不便すぎではなくて？

空調を維持する魔道具もないなんて、これでは持参したドレスは寒すぎて着れそうにない。

「マリエッタ用に作った毛皮のコートだ。防寒に優れているから使うといい」

「ありがとうございます」

受け取った白いコートを試しに羽織ってみる。鏡に映った自身の姿を見て愕然とした。

な、なんなのこのだぼっとしたダサすぎる長いコートは！

「部屋が暖まるまで帽子も被っておくといい」

後ろからコートに付いた帽子を被せられ、雪だるまみたいになった。

「他にも防寒性に優れた衣類をクローゼットに用意しているから、遠慮なく使ってくれ」

「は、はい……ありがとうございます」

クローゼットには毛皮で作られた、だぼっとした長い寸胴ワンピースが収納されている。顔がひきつりそうになるのをなんとか堪えた。

「マリエッタのために、母さんが腕によりをかけて夕食を作ってくれている。荷物の整理が済んだら食堂に行こう」

「え、お母様が自ら料理をなされるのですか？」

「ああ、料理が趣味なんだ」

伯爵夫人でありながら、料理が趣味……とても変わったお方なのね。

荷物の整理も何も、この狭い部屋じゃそんなにものも置けない。

結局持参した荷物はほとんど荷解きできず、隣室に置いておくしかなかった。

「もういいのか？」

「はい、あとは必要な時に取りに行きます」

それからリシャール様と共に食堂へ向かった。

「よく来てくれたね、マリエッタさん」

「お腹空いただろう？　いっぱい食べておくれ」

結婚式の時にお会いした時とかなり印象が違う義両親を見て、私は戸惑った。

無精髭を生やしたお義父様と、ボサボサの髪を束ねただけのお義母様。同じような毛皮の衣服を着込んだその姿は、まるで別人に見えた。

「は、はい。ありがとうございます」

リシャール様が椅子を引いてくれて、席につく。むわっとした香ばしい肉の香りが鼻腔をくすぐった。食卓に並べられた豪快な肉料理を、リシャール様が色々切り分けてとってくださった。

「いただきます」

ほんのり塩味のある独特な獣肉は、噛めば噛むほど飲み込めなくなり、無理やり添えられた赤い液体で流し込む。

「いかがかしら?」とお義母様に尋ねられれば、「……美味しいです」と言うしかなかった。

これは私のために用意してくださったものなんだし、温かい笑顔で迎えてくださった義両親に悪い印象は残したくない。

「マリエッタ、飲める口なんだな」

我慢しながら食べ続けていたら、リシャール様がそう言って嬉しそうに笑みを浮かべておられた。その視線は、私が握るグラスに注がれている。

「それはログワーツの特産、ルビア酒だ。気に入ってもらえたようで嬉しいよ」

「え、お酒ですか?」

甘さに騙されて全然気付かなかった。そういえば、なんだか頭がぼーっとするような……と気付いた時には手遅れで、視界がぶれる。結局そのまま気を失ってしまった。


ぼんやりとした視界に、見慣れない白い天井が映る。

喉が渇いて上体を起こすと、ズキンと頭に痛みが走った。

「マリエッタ!　大丈夫か?」

慌ててベッド脇の椅子から立ち上がったリシャール様が、背中を支えてくれた。水差しからグラスに水を注いだ彼は、「ほら、ゆっくり飲むといい」とこちらへ差し出してくださった。

お礼を言ってグラスを受け取り水を飲むと、ぼんやりとした頭が少しずつはっきりしてくる。

「ありがとうございます、楽になりました」

「それならよかった」

ほっと胸を撫で下ろし、リシャール様は飲み終わったグラスをサイドテーブルに置いてくれた。

ふと彼の後方にある時計が視界に入り、はっとする。時刻はすでに、深夜の二時を回っていた。

「こんな時間まで、介抱してくださっていたのですか？」

「起きたら喉が渇くだろうと思ってな」

そんなのテーブルに置いておけばすむことなのに。まだ慣れてないだろうし心配だったからと、優しく微笑むリシャール様を見て、愛おしさで胸がいっぱいになる。

「無理をせず休むんだ」と横になるよう促されて、布団を掛け直してくれた彼の手を掴んだ。

「リシャール様も、一緒に……」

「だ、だが……」と、赤面しながらリシャール様が青い瞳を泳がせる。

「だって、今日は初夜ですよ。そばにいてください」

リシャール様は「……わかった」と頷くと、緊張した面持ちでベッドに入ってこられた。

ドキドキと高鳴る鼓動がリシャール様に聞こえてしまいそうで、恥ずかしい。

けれど、この人と一緒になれて心から幸せを感じる。

この日までは確かにそう思っていたはずなのに……ログワーツの生活は、そんな気持ちも揺らいでしまうほど過酷だった。

翌日、寝坊して昼過ぎに目を覚ました私に、リシャール様が食事を運んできてくれた。トレイには獣臭いスープと、見るからに硬そうなパンが載っている。

「マリエッタの元気が出るように、今朝しとめてきた新鮮なクマ肉のスープだ。パンは少しずつ汁に浸しながら食べると、ふやけて柔らかくなるぞ」

「し、しとめてきた？　このクマ肉を、リシャール様が？」

どこからつっこんだらいいのか、わからない。

開いた口のふさがらない私に、リシャール様は頬を赤らめて頷いた。

「その、昨晩無理をさせてしまったからな。君のために大物をしとめてきたんだ」

起きたばかりで獣臭いスープなんて吐き気をもよおす。

しかしリシャール様の想いを無下《むげ》にはできなくて、一口飲んだ。

「ゴホッ、ゴホッ！」と、あまりのまずさに思わずむせて咳込んでしまった。

「大丈夫か、マリエッタ！」

優しく背中をさすってくれるリシャール様。彼が手を動かすと、なんだか血生臭い匂いが鼻につく。

「血の匂いが……」

「あぁ、すまない。さっきまで解体作業をしていたから、臭《にお》いが染み付いてしまったのだろう。狩りで獲った獣は、ここでは貴重な食料だからな。肉は保存がきくように加工して、毛皮は剥いで洋服を作るんだ。マリエッタにもきちんとやり方を教えてあげるから、安心していいぞ」

「えっ……私が、するのですか？」

「ああ。解体や加工品作りは妻の務めだからな！」

そんなの、使用人にやらせればいいのではないだろうか。そう思って辺りを見回すが、この家にはリシャール様の家族以外に人っ気がない。薄々感じていた疑問を思わず口にしていた。

「あの、メイドや執事はいらっしゃらないのですか？」

「ああ。ここでは基本、自分の身の回りのことは自分でするのが当たり前なんだ」

信じられなかった。美しい銀世界の中で、自然の恵みを楽しみながら、悠々自適で優雅な生活が送れるものだとばかり思っていた。

しかし蓋を開けてみれば、何世紀か遡ったかのような原始的な生活様式。

掃除、洗濯、食事の準備と、全てを自分たちでやるのが当たり前だそうだ。

優しく出迎えてくださったのは最初の一か月だけで、仕事のできない私に、義両親は次第に冷たくなっていった。

「まだ休んでたのかい？　早くこっちの生活に慣れてもらわないと困るよ」

「そうじゃな。慣れたら現場にも出てもらわねばならん。リシャール、お前は嫁を少し甘やかしすぎではないのか?」

ただでさえ気温の変化で体調も崩しやすい上に、したこともない作業の連続。これなら実家で侍女をするほうが何倍もマシだわ。

お義母様やお義父様からは、ネチネチと責め立てられ、掃除、洗濯、料理の下ごしらえとこきつかわれる。その雑用に加えて、慣れたら獣の解体作業や加工作業の手伝いまでしなければならないという最悪の生活だった。

「そんなことない。こんなところまで嫁いできてくれる女性なんて、そうそういない。俺はマリエッタに感謝してるんだ」

リシャール様だけは、私の味方でいてくれる。けれど、ぎゅっと抱き締めてくる旦那様は、血生臭くて吐き気がする。

こんな生活、耐えられない。離婚して実家に帰りたい。そう思っても外は雪に囲まれ、簡単に出歩けない。一人でソリにも乗れない私は、身動きがとれなかった。

外への連絡手段は、届くのにかなり時間のかかる手紙ぐらいしかない。

それでもなんとか連絡をとマジックペンを手にして、はっとする。

もし魔力が切れてしまったら、誰も魔力を補充してくれる人がいない。

慌てて引き出しにしまい、羽根ペンとインクを借りた。しかしいざ手紙を書こうとしても、家を出る際にかけられたお父様の言葉を思い出して、何も書けなかった。

『マリエッタ、もし多少つらいことがあろうとも、真実の愛で結ばれた二人ならきっと乗り越えられるだろう。リシャール殿に寄り添い頑張りなさい。もし出戻りでもしようものなら、もうお前を修道院へ入れるしかなくなってしまう。だからどうか愛する者と共に、ログワーツ領で本当の幸せを見つけなさい』

私の帰れる場所は、もうヒルシュタイン公爵家にはないのだ。

ここで生きるか、修道院で残りの人生を全て神に捧げるかしか、選択肢は残されていない。

毎日何時間も神に祈りを捧げ、聖堂の掃除をして、質素な食事をとって眠る。

修道女になって死ぬまでそんなつまらない生活の繰り返しなんて死んでもごめんだ。

それならまだ、多少は自由に動けるこちらのほうがマシなのかもしれない。

こうして極寒の地である辺境の片田舎に閉じ込められてしまった私は、これからの生活に絶望するしかなかった。


ログワーツに来て二か月が経った。家の中の雑用を一通り覚え、あんなにまずいと感じていた食事にも慣れざるを得なかった。ここでは出されたものを、基本残さず食べなければならない。

少しでも残そうものならお義母様に怒られるから。

「マリエッタ、ここでは食料はとても貴重なものなのよ！　残さずに全部食べなさい！」

「はい、すみません。でも、もうお腹がいっぱいで……」

肉食が多いログワーツだが、たまに魚も出てくる。凍った魚のうろこを皮ごと削ぎ落とし、切り分けられただけの魚肉はとても冷たいし、独特の食感がして気持ち悪い。

ポワレやグリエ、ムニエルみたいに魚は火を通して食べるものだという認識のある私には、生で食べるというのがどうしても受け付けられなかった。温かいスープだけ飲んで、最初の頃はよく残していた。

「母さん、代わりに俺が食べるから。マリエッタはまだこちらの料理に慣れてないんだ」

リシャール様が、そうやって庇ってくれていたけれど、それをお義母様はよく思っていなかったのだろう。彼が狩りで留守になる昼間は、食事をもらえなくなった。

「マリエッタ、お前はすぐ残すからね。昼飯ぐらい食わなくてもいいだろう」

どうせまずい食事なんだ。一食抜くぐらいなら、別に耐えられた。

しかし、私がそうやって普通にしていることが、さらにお義母様の逆鱗に触れたらしい。

リシャール様とお義父様が留守の日。彼等が数日かけて遠方に資材を買い付けに行く日を見計らって、食事を一切与えてもらえなくなった。

さすがにお腹がすいて限界だった。私は、お義母様にお願いした。

何か食べるものを分けてくださいと。

「どうせまた残すんだろう?」

「残さず食べます。だからどうか……」

「そうかい、食べ物の大事さがわかったならいいんだよ。お腹すいただろう？　これをお食べ」

出されたのは、異臭を放つ獣肉のサンドイッチだった。

暖かい室内で放置されていたのか、傷んでいるように見える。

「どうしたんだい、残さず食べるんだろう？　さっきの言葉は嘘だったのかい？」

悔しかった。どうしてこんな仕打ちを受けないといけないのか。

でも背に腹は代えられなくて、無我夢中で全て食べた。

その日の晩。激しい腹痛と吐き気、熱に襲われた私は、三日三晩寝込んだ。


「マリエッタ、今帰ったぞ」

「……おかえりなさい、リシャール様」

お迎えしようとベッドから起き上がろうとしたら、リシャール様が驚いた様子でこちらへ駆け寄ってこられた。

「何があった？　どうしてこんなに、やつれて……っ！」

壊れ物に触れるようにそっと私の頬に手を添えて、リシャール様は顔を歪められた。

「仮病だよ、仮病。まったく三日も何もせず寝てるなんて、本当に使えない子だね。魔法を使える姉のほうを期待してたのに、お前が馬鹿な感情に騙されるからこうなるんだよ」

私が魔法を使えないから、お義母様は気に入らないのね。リシャール様も後悔されているのだろうか……そんな思いが頭をよぎり、彼を直視できない。

「こんなにやつれているのに、仮病なわけないだろ！　母さん、今の言葉取り消してくれ！」

俯く私を庇うように声を荒げるリシャール様を見て、一瞬でも疑ったことが申し訳なく感じた。

「何を騒いでいるのだ、騒々しい」

お義父様の登場に、怯んでいたお義母様は水を得た魚のように生き生きとした表情になった。

「貴方、リシャールが言うことを聞かないのよ。まったく、甘やかすからこうなるのよ」

「母さんが、マリエッタを侮辱したんだ！」

「少し古いものを食べたくらいで寝込むなんて、大袈裟《おおげさ》なんだよ」

「母さん、まさか……マリエッタにも……！」

リシャール様は悔しそうに唇を噛むと、お義母様を激しい剣幕で睨み付ける。

しかしお義父様が「やめないか、リシャール」と怒鳴った瞬間、リシャール様は短いうめき声を上げて、その場にうずくまってしまった。

「大丈夫ですか？　リシャール様！」

つらい身体に鞭打ってベッドから降りた私は、彼に寄り添い震える背中をそっと撫でる。ゆっくりと顔を上げたリシャール様は、「すまない、マリエッタ……」と眉をひそめ呟いた。

額から尋常ではない脂汗を流し、様子がおかしいのは一目瞭然だった。

「あまり面倒ごとを起こさないように」

そう言ってお義父様は立ち去った。ふんと鼻を鳴らして、お義母様もそのあとを追いかける。

ログワーツに来てから時折、リシャール様はお義父様の言葉で、こうして発作に苦しまれる。

王都にいた頃は健康そのものだった彼がこうなってしまったのは、おそらく余計な心労をかけている私のせいだ。

「私は大丈夫です、リシャール様。庇ってくださって、ありがとうございます」

自分のせいでリシャール様が傷付く姿を見るのがつらくて、心が張り裂けそうになる。

足枷でしかない自分が、なんの役にも立てない自分が悔しかった。


ログワーツに来て三か月が経った。心を無にして、私は肉の解体作業をしていた。

王都なら初夏を迎えている頃だろうか。ほんの少しだけ寒さはマシになったとはいえ、相変わらず氷点下なのは変わらない。

冬になるとより一層の寒波がきて、狩りができなくなる。天候が悪いと行商人も来れなくなるため、パンや野菜も手に入りづらくなるそうだ。だからこのログワーツでは、冬がくる前に獲物を多くしとめて保存食にしておく必要があるらしい。

領民が飢えないように、いざという時には分け与えることができるように、屋敷の隣に併設された食料庫を、秋までにいっぱいにしておく必要があるそうだ。

作業はリシャール様が一つずつ丁寧に教えてくれたから、やることは大体覚えた。

通いで手伝いに来てくれる作業員と一緒にクマやシカ、キツネなど獣の肉を解体しては、部位ごとに分けて外で自然冷凍し瓶に詰める。内臓や血まで、ここでは貴重な食料だった。

昔は腐りにくいよう塩漬けにして保存していたらしいが、ここ十年ほどは一年中氷点下の厳しい寒さが続いているため、その必要がないらしい。

それが終わると今度は剥いだ毛皮を洗い、特殊な薬剤に浸けて干さなければならない。すでに干し終わった毛皮はなめし作業のあと、防寒具になるよう縫って加工する必要がある。どれも同じようなデザインでサイズが違うだけだから、皆で並ぶと正直あまり見分けが付かない。

使用人に任せればいいような仕事を、ここでは伯爵夫人自らが指揮を執って行っている。

「マリエッタ、将来はお前が私の代わりに、この作業場を守っていかなければならないのよ。ぼさっとしてないで、手を動かしなさい」

「はい、お義母様」

今日も私は考えることをやめ、ただただ手を動かして作業をする。

生きるためには、やるしかなかった。

「マリエッタ様、大丈夫ですか？　あとは私がしておきますので、少し休まれてください」

心を無にして黙々と作業をする私に話しかけてきたのは、作業員の一人、名前は確か――。

「アリサ……」

「私の名前、覚えててくださったのですね！　ありがとうございます！」

あんなに面倒でつまらない作業を、いつも笑顔で楽しそうにしている変わり者だ。

「それじゃあお言葉に甘えて、助かるわ。ありがとう、アリサ」

「はい、お任せください！」

お義母様も今はいないし、少しくらい休憩してもいいわよね。やりたいっていうもの好きな子もいるんだし。休憩室で横になった私は、疲れていたようでそのまま眠ってしまった。

「マリエッタ！　マリエッタはどこだい！」

お義母様の金切り声が聞こえ、思わず飛び起きる。いけない、私どれくらい眠っていたんだろう。慌てて作業場に戻ると、鬼の形相をしたお義母様がいた。

「アリサに作業を押し付けて、一人で休むなんて何やってるんだい！」

「違います、ヒルデガルダ様！　マリエッタ様はとてもお疲れのご様子だったので、私が申し出ただけです。マリエッタ様は悪くありません」

「そうです、お義母様。私はアリサの提案を受け入れただけで……」

「どうせ、お前がそう言うように命令したんだろう！　アリサ、一人で大変だったね。あとはマリエッタにさせておくから、家に帰ってゆっくり休みなさい」

「ですが、ヒルデガルダ様！」

「お前はいつも頑張ってよくやってくれてるんだ、たまにはゆっくり休むことも必要さ。気にすることはないよ」

「はい、わかりました……」

どうしてこうなるのよ。アリサは申し訳なさそうに会釈をして帰っていった。

外面のいいお義母様に苛立ちを覚えつつも、揉めてもリシャール様に負担をかけてしまうだけだ。心を殺してただひたすら手を動かして、冷凍した肉を瓶に詰めて食料庫に運ぶ。

イライラして雪を蹴ったら滑って瓶を落としそうになった。割らないよう咄嗟に抱き締めて、私はその場に尻餅をつく。

「ははっ、笑える。今の私って、こんな瓶以下の価値しかないのね……」

ひどく惨めに思えた。悔しくて流れた涙はすぐに凍って、頬がヒリヒリと痛むだけだった。

「こんなところ、来なければよかった……！」

「……っ！　すまない、マリエッタ……」

振り返ると、悲痛な面持ちをしたリシャール様が立っていた。

「ち、違うんです、今のは！」

彼はその場に膝をついて私の身体を瓶ごと横抱きにすると、そのまま歩きだす。

「寒いから、部屋に戻ろう。これはあとで、俺が運んでおくよ」

「……はい。ありがとう、ございます」

すきま風が吹くように、リシャール様との間に小さな亀裂ができてしまった。

ログワーツに来て、四か月が経った。リシャール様とは未だ仲直りできておらず、表面上は会話を交わせても、お互いどこかよそよそしかった。

夕方、作業場から外に出ると凍えるような寒さに、思わずぶるりと身震いする。

「今日は一段と冷えますね。夏とは思えない気温です」

アリサの放った一言に驚いた私は、「ここにも夏があるの⁉」と聞き返してしまった。

「はい。十年くらい前から急に天候が悪くなって、短い夏もなくなってしまったんです」

そう言ってアリサは空を見上げ、残念そうにため息をついた。

「マリエッタ様、あとは私にお任せください！　報告書を書かないとですよね？」

この子、よく働く上に気も利くわね。お義母様に気に入られるのも、わかる気がするわ。

「ありがとう、アリサ」

外に干していた毛皮を倉庫に運んで、今日の作業は終了だ。

アリサが運んでくれている間に、私は報告書を仕上げることにした。

先に室内に戻ろうとしたら、後ろから「きゃっ！」とアリサの短い悲鳴が聞こえた。

「大丈夫か？」

振り返ると、毛皮をたくさん抱えて転びそうになったアリサを、リシャール様が咄嗟に支えて助けてあげていた。

「あ、ありがとうございます、リシャール様！」

落ちた毛皮を拾い集めるリシャール様に、アリサはペコペコと頭を下げて一緒に拾っている。

「これくらい、どうってことない。いつも頑張ってくれてありがとう」

作業場の皆にリシャール様が優しくされるのはいつものこと。いつものことなのに、その光景を見ているとなぜか無性にイライラして、私は逃げるように室内に戻った。

その笑顔は私だけのものじゃなかったの？　なんて浅はかな思いが、胸の中を埋め尽くす。

こんな醜い感情、リシャール様には知られたくない。結局謝ろうと思っても余計な感情をぶつけてしまうのが怖くて、次第に会話も減っていってしまった。


「はぁ……綺麗なお風呂に入りたい……」

獣の血が染み付いて汚れた身体を、お湯に浸したタオルで拭いながら、思わずため息をもらす。

王都にあるような簡単にお湯を沸かせる魔道具があるはずもなく、薪をくべて温めたお湯に浸かれるのは三日に一回だけ。

しかし私の順番が来る頃にはお湯はぬるくなっている上に、ごみが浮き汚れている。そんなお湯に浸かっても気持ちいいはずなどなく、逆に不快になるだけだった。

早々にお湯を抜いた私は、流し湯で身体を清めて浴室を出た。

バサバサに広がり艶を失った髪は軋《きし》み、乾燥した肌は潤いを失って手触りが悪い。鏡に映るそんな自身の姿を見て泣きたくなった。

急いで服を着ていると、手にチクリとした痛みが走る。

獣の解体と加工品を作る作業で荒れ果ててしまった手はボロボロだった。

「今なら、わかるかもしれない……」

指先に滲む血を見て、私は昔のことを思い出していた。


寒い冬の日、使用人たちに部屋の掃除が遅いと怒ったことがあった。

あの時確か、癇癪を起こしていた私をなだめにお姉様が来てくださったのよね。

『マリエッタ、掃除が終わるまで一緒にお茶でも飲みましょう』と。

部屋を出る際、お姉様は使用人たちに何かを渡していた。

こんな高価なものを受け取れないと慌てる使用人たちに、お姉様は笑顔でこう言った。

『私が趣味で作ったものだから、気にすることないわ。あとで使用感を教えてね』と。

気になって何を渡したのか聞いたら、お姉様は手荒れに効く軟膏だと教えてくれた。

『冬は乾燥して手が荒れやすいのよ』

何を仰っているのか、その時はよくわからなかった。

私の手はいつだって綺麗だったし、荒れることはなかったから。

だけど今ならその言葉の意味がよくわかる。

彼女たちの手は今の自分と同じように荒れ、所々切れて赤くなっていたのだろう。

彼女たちはこんなに痛いのを我慢して、私の身の回りの世話をしてくれていたのだと思うと、気分で頭ごなしに怒っていた昔の自分が、お義母様の姿と重なりひどく滑稽に思えた。

社交界では腫れ物のように扱われていたお姉様だけど、屋敷の中では使用人たちからとても慕われていたわね。

私を見ると怯えて挨拶していた使用人も、お姉様を見ると笑顔で挨拶をしていた。

それがとても腹立たしかったけれど、今ならその理由もわかる気がした。とてもじゃないが、お義母様に笑顔で挨拶なんてできやしない。また叱られるんじゃないかって、怖くて萎縮して、声を絞り出すのがやっとだもの。お義母様みたいな昔の私に、誰が近寄りたいと思うだろうか。

それでもお姉様は、私のことをよく気にかけてくださったわね。

もしお姉様がそばにいてくれたら、私にもあの軟膏を分けてくださったのかしら。

どうやって作るのか、聞いておけばよかったわ。

いつも温室に閉じ籠《こも》っていたお姉様。植物に囲まれて、土臭い作業ばかりされているのだと思っていたけど、なぜかお姉様からはいつも、いい香りがしていたわね。今の私とは大違いだわ。

そういえばこちらへ来る前、お姉様が持たせてくれたものがあったわね。慌ただしい生活に加えて、部屋が狭すぎて荷解きさえあまりできていなかったから、すっかり忘れていた。

脱衣場を出たあと、隣の倉庫と化している部屋へ向かった。ランタンの灯りを頼りに、お姉様にもらったプレゼントの入った収納ケースを探し出す。

ラッピングを解きわくわくして蓋を開けてみると、まず目に入ったのは手紙だった。

『ログワーツはとても寒いところよ。お肌も乾燥しやすいと思うから、こまめにお手入れをしたほうがいいわ。私の作ったものだけど、よかったら使ってみてね』

説明書と共に入っていたのは、お姉様がお作りになった大量の美容品だった。様々なサイズの缶には、ボディクリームやハンドクリームとリップバーム、傷用の軟膏まで入ってるわ！

それに透明のボトルには化粧水や乳液、ヘアオイル。さらにこれは……緊急時に寒さを凌ぐための温感スプレーまで同梱されていた。ワンプッシュすれば寒さを凌ぐことができるようだ。

『慣れない寒い地域での生活は大変だと思うけど、頑張ってね。もし気に入ったものがあればいつでも送るわ。何かあったら気軽に連絡してね！』

手元に水滴が垂れる。手紙を全て読み終えた私の頬には、いつの間にか涙が伝っていた。

「お姉様……、ありがとうございます……っ！」

私が今一番欲しかったものが、そこにはたくさん詰まっていた。

試しに傷だらけの手に軟膏を塗ると、痛みが引いて傷が瞬く間に治った。すごい効き目に驚きながら、大きな缶の蓋を開けて腕に塗ってみる。するとカサカサだった肌が潤いを取り戻した。

「お姉様、こんなにすごいものを作れたの？」

王都で使っていたものより何倍も質がいいわ。お姉様に感謝しながら、私は全身のお手入れをした。

これは大事に部屋に持っていこう。他に何かないかと収納ケースを覗くと、箱の底に以前お姉様にもらった本やノートが入っていることに気付いた。

そういえばログワーツのことについて書かれているって仰っていたわね。

試しに一冊。お姉様の手書きのノートを取り、ページをめくってみる。

そこにはびっしりと、ログワーツの気候や生活様式、特産品の情報などがまとめられていた。

さらにこの土地の抱える問題点もきちんと調べられており、交易摩擦に苦しむログワーツが隣領と適切な取引をできるようにするためのロードマップまで記載されていた。

「まさか、お姉様……ここまでリシャール様のことを?」

こんなに熱心にログワーツのことを調べ上げているなんて、リシャール様のことを本気で愛しておられたとしか思えない。

そんなお姉様から、私はリシャール様を奪ってしまったのね。どんな想いで、これを私に託してくださったのかしら。

「ごめんなさい、お姉様……ごめんなさい、ごめんなさい……っ！」

それなのに環境がつらいからって、私はリシャール様を傷付けてしまった。

お姉様はこんなに覚悟をして、この地に嫁ごうとされていたのに！

お姉様にもらったものを大事に抱えて、私は寝室に戻った。

「マリエッタ、声をかけてくれたら俺が運んだのに」

こちらを見て大きく目を見張ったリシャール様は、慌てて駆け寄ると私の持つ荷物を代わりに持ってテーブルに置いてくださった。

そんな彼の背中に後ろからぎゅっと抱き付いた。

「リシャール様、ごめんなさい！　私、貴方にひどいことを……っ！　色々覚悟が足りなかったんです。それを八つ当たりみたいに……」

「こちらこそ、気付いてあげられなくて、つらい思いをさせて本当にすまなかった。君が望むなら、俺は……っ」

そっと私の腕を解いて、リシャール様はこちらを振り向かれた。その顔は悲痛に歪められていて、彼が何を言おうとしているのか、直感的に悟った。だからそれを遮るように、私は叫んだ。

「ログワーツのこと、もっと勉強します！　いずれ貴方の隣で立派な伯爵夫人になれるように、この領地を良くしていけるように」

「……そばに、いてくれるのか？」

「私は貴方の妻です。お慕いしております、リシャール様」

「……っ、ありがとう。マリエッタ、君のことを心から愛している……！」

じわりとリシャール様の青い目の端に涙が滲む。すがり付くように抱き締められ、震えるリシャール様の背中に手を回した私は、彼が落ち着くまでその背中を優しくさすり続けた。

もう、守られるだけなのは嫌だ。私だってリシャール様を支えられる存在になりたい。

互いの気持ちを改めて確かめあったその日から、私は覚悟を決めた。

リシャール様の隣に相応しい妻になれるようにと――。


ログワーツに来て五か月が経った。お姉様にもらった美容品で全身のお手入れをして、疎かになっていた身だしなみにも気を遣うようになった。

リシャール様にはいつだって、綺麗な私を見てほしい。そうして努力していると、「マリエッタ、今日も綺麗だな！」とリシャール様がまぶしい笑顔で褒めてくれて嬉しい。

さらに休憩時間にはお姉様にもらった資料で勉強し、この土地のことが少しずつわかってきた。

一年の半分以上は氷点下の寒い土地柄ではあるが、短期間は夏も存在し、雪が降らない時期もあると書かれている。本来なら今がその時期にあたるはずなのに、雪は溶けず川は凍り、とても夏とは呼べない厳しい寒さだ。

そういえばここ十年くらいで寒さが一層厳しくなったと、アリサも言っていたわね。

いただいた資料より今のログワーツがひどい状況なのは、本が書かれた頃より環境が悪化しているせいなのかもしれない。

「そろそろお風呂の準備の時間ね」

本を閉じ、私は浴室へと向かう。最近ではお義母様に文句を言われる前に、やるべき作業を先に終わらせておくようにしている。

嫌味のパターンはもう覚えているから、事前にそれを潰しておくことで怒られる機会もめっきり減った。悔しそうなお義母様の顔を見ていると、少しスッキリするわね！

そうして過ごしていたとある日、昼食を終えて作業場に戻ろうとしていたらお義母様に呼び止められた。

「マリエッタ。裏山にある水の上級精霊を奉る祠に、これを捧げてきておくれ。ウンディーネ様の好物だから、必ず中身を祠の周囲に回しかけて来るんだよ」

コトンとテーブルに置かれたのは、ログワーツ特産のルビア酒の小瓶だった。

「かしこまりました、お義母様」

「これは代々、ログワーツ伯爵家の女性に与えられた大事な役割さ。裏門から延びる道を真っ直ぐ道なりに登ったところにあるから、頼んだよ」

大事な役割を任せてくださったということは、少しは私のことを認めてくださったのね！

意気揚々と防寒用のコートを着込み、お供え物のルビア酒を持って祠へと向かった。

今日は雪も降ってないし、見晴らしは良好。滑らないように気を付けて雪道を歩いていると、平坦な山の中腹に小さな祠があった。

「どうかこの寒さが、少しでも和らぎますように……！」

両手を組んでしっかりお祈りしたあと、言われたとおりに祠の周囲にルビア酒を回しかける。

するとゾワゾワと背中に悪寒を感じ、薄気味悪くて私は急いで来た道を戻った。

それからリシャール様がいない時に、その役目を任されるようになった。

祠の周囲にルビア酒を回しかける度に、地鳴りのような低い不気味な音が響く。

何かがおかしい。そう思ってこっそりリシャール様に相談したら、彼は何かを言いかけて苦痛に顔を歪めその場にうずくまってしまった。

「リシャール様！　大丈夫ですか？」

まるでお義父様の言葉に止められた時のように、リシャール様は何かを言いたそうなのに言えないようだった。

「すぐにお医者様を！」

「これは病気ではないから、大丈夫……だ」

リシャール様はそう仰るけれど、その発作の頻度は増える一方だった。

あの祠に関すること、そしてお義父様に逆らう言動で発作はひどくなるように見えた。

義両親はリシャール様が発作を起こしても、それを当たり前のように眺めていて、不信感が募る一方だった。ここには私の知らない何かがある。

閉鎖的なこのログワーツで、一人ではリシャール様を助けることができない。

どうすればと考えた時、一番に浮かんだのはお姉様だった。藁にもすがる思いで、私はお姉様に手紙で助けを求めることにした。

しかし外部に出す手紙は、必ず義両親のチェックが入る。読まれてもばれないようにと考えて、感謝と過去の思い出話に、『たすけて』という暗号を込めた。

どうか聡いお姉様が気付いてくださいますようにと、祈ることしかできなかった。


秋になり、少しずつ天候が崩れる日が増えてきた。多少雪が降っていても祠へのお祈りは欠かしてはいけないらしく、雪の中を歩き今日も私は裏山の祠へと祈りを捧げに向かう。

三日に一回でよかったものが、最近では二日に一回の頻度になった。

いつものようにお祈りをすませ、ルビア酒を祠の周囲に回しかけて帰ろうとすると、ポツポツと降っていた雪が急に激しく吹き荒れ始めた。

「あれ、帰り道はどっちだっけ……？」

一本道のはずなのに、吹雪《ふぶき》のせいで方向がわからなくなってしまった。

視界がかすみ、寒さでかじかむ手足から感覚がなくなっていく。慌ててポケットから温感スプレーを取り出し吹きかけると、たちまち身体がぽかぽかになった。

ありがとうございます、お姉様。

心の中でお礼を述べながら残りわずかとなったそれを見て、ガクガクと恐怖に震える。

お姉様がくれた温感スプレー、それだけが今の私にとっての命綱だった……。

第三章　悪臭蔓延る社交界に終止符を！

アレクの視察に同行して、三か月が経った。

今日は私とアレクの婚約披露を兼ねた舞踏会が王城で開催される。

『悪臭蔓延る社交界に終止符を！』とスローガンに掲げ、この日のために色々準備した。

ラジェム孤児院からの帰り道、馬車の中でアレクに頼まれたのは、新しい香水を布教するための試作品を作ってほしいというものだった。

それらはいずれ開店するフレグランス専門店『フェリーチェ』の看板商品となるかもしれない、香水の数々だ。

老若男女を虜にすべく、香りの調合にあけくれ男女それぞれ四種ずつ計八種類の香水を作った。

途中からエルマとジェフリーが住み込みで助っ人に来てくれて、色々教えながら一緒に作業をした。マリエッタが嫁いでから静かだった公爵邸が賑やかになって楽しかったわね。

香水の作り方は二人ともばっちり覚えてくれたから、試作品を作り終えたあとは開店準備に取りかかってくれている。

店舗はシエルローゼンの一等地を、アレクが用意してくれた。観光エリアにあるお土産専門店の一角にある空き店舗をただいま改装中で、二階に調香部屋を作る予定らしい。

ちなみにお店の名前はアレクが言っていた『幸せな未来の仕掛人』というフレーズをエルマやジェフリーがとても気に入っていて、そこからとった。『フェリーチェ』は外国語で『幸せ』を意味する。お店がお客様にとって『幸せ』に繋がる空間になればという意味を込め皆で付けた。

色々順調すぎて怖いくらいだった。

この三か月間のことを思い出していると、身支度が整ったようだ。

「優雅で美しい薄緑色のドレスが、お嬢様のお髪と相まってよくお似合いです！」

「まるで森の中に降り立った精霊のようです、お嬢様！」

「レースに施された神秘的な花の刺繍がふわりと揺れて、とても綺麗ですね……！」

アレクが贈ってくれた薄緑色を貴重としたスレンダーラインのドレスは、ミリアを含む侍女たちに大絶賛された。

「みんな、ありがとう」

「それでは早速、殿下を呼んできますね！」

「ええ、お願いするわ」

ミリアたちが大袈裟だと思ったけど、鏡に映った自身を眺めていたら確かに素敵なドレスだと納得した。シル御用達《ごようたし》の王室専属デザイナーに頼んで作られたものらしく、一目見て思わず言葉を失うくらい目を引く美しさがあった。

上質な絹の白地に薄緑色のレースを重ねて彩り、差し色として金の刺繍で縁どられた神秘的なパーティードレス。腕を動かすと薄絹のレースで作られた広がった袖口が優雅に揺れ、アメジストの嵌め込まれた金細工の腕輪が姿を現す。婚約指輪とセットでアレクの独占欲を感じて、なんだか少しぞわっとした。

コンセプトは『神秘的な森の精霊』らしく、それに合わせて緩く巻いた長髪は編み込んでハーフアップにしてある。ちなみに対になるアレクの礼服のコンセプトは……『美しい精霊を拐《かどわ》かす魔王』らしい。

「ヴィオ、とてもよく似合ってるね！　ふふっ、やっぱり僕の見立ては正しかった！」

「あ、ありがとう」

爽やかな親しみやすい第二王子のイメージはどうした。大体いつも白を基調とした礼服を着てることが多いアレクが、黒を基調とした礼服を身に纏ってダークなイメージを醸し出している。アクセントで緑地の使われたその礼服は、私の隣に並ぶとペア衣装だと一目でわかる。

「だって僕、ヴィオの隣に一番似合う男になりたかったんだよ」

こちらを見て満足そうに笑うアレクは、なんでそんなイメージ変更したのって言いたくなるくらい、悪い大人の色気を放っていた。

私が悪女に見えないよう気を遣ってくれてるのかしら……。

「どう、似合う？」

期待を込めた無邪気な眼差しで見つめてくるアレクは、やっぱりいつものアレクだと妙に安心したのは黙っておこう。

「ええ、とても似合っているわ」

「嬉しい、ありがとう！　それではヴィオラお姫様、戦いの舞台へエスコートいたします」

「いざ、悪臭蔓延る舞踏会へ終止符を」

「必ずや我々の手で果たしてみせましょう」

なんて馬鹿なことをしながらエスコートされて、馬車に乗り込み舞踏会場へと向かった。

「そうだアレク、約束してたプレゼントよ」

馬車の中で、用意していたペアフレグランスを渡した。

「ありがとう、ヴィオ！　君と出かける時は絶対付ける！　欠かさず付ける！」

「もう、大袈裟ね」

嬉しそうに箱を開けて瞳を輝かせるアレクに、「付けるのは馬車を降りる十五分前くらいがいいわよ」と釘を刺しておいた。

会場入りの時間から逆算すると、そのほうが一番主体となる香りを皆に披露できるはずよ。

「うん、付けるのが楽しみだなー！」と、香水の瓶を彼はうっとりと見つめている。

「でもアレク、どうやって会場のあの悪臭を封じ込めるつもりなの？」

正直私一人が自作の香水を付けてパーティーに参加しても、これまで周囲の強烈な香りの前ではどうにもならなかった。

だって強い香りの前では、ほのかに香る優しい香りなんて見事に打ち消されてしまうから。

「それは僕たちに任せて。ねぇジン、手はずどおり頼んだよ」

『承知した』

まさか、またジン様の力を……でも悪文化を絶つには仕方ないわね。

「それに今回は、フェンリルも協力してくれるからね」

「シルの精霊まで？」

「ラスボスを倒すには、たくさんの味方を作らないといけないんだ」

「誰と戦ってるのよ……」

アレクが警戒しているのなんて、第一王子のウィルフレッド様くらいよね。

追い掛け回されている姿を何度見たことか、わからないわ。

「そういえば私、城下の雑貨屋で変装して麝香を買いに来てるウィルフレッド様を見たのよね」

「悪の権化！　兄上、またそんなものを……！」

「香り改革したいのは、ウィルフレッド様を止めるためだったのね」

「ち、違う！　僕にとってはヴィオの香水の良さを皆にわかってほしいっていうのが、一番の目的だよ！　それは昔からの夢だったし！」

「わかってるわ。でもそれ以外にも、何か理由があるのでしょ？」

私の目が誤魔化せると思ってるの？　アレク、正直に白状なさい。

「麝香を求める貴族のせいで、ジャコウジカが乱獲されているんだ。違法に捕獲した者には罰を与える法令も出されてるけど、それが余計にいけなかった。稀少価値が上がり、麝香を身に付けられるのが一種の男のステータスみたいな風潮ができてしまったんだ」

「まぁ、制限されると余計に欲しくなるのが人間の性《さが》だろうしね」

「そうなんだ。そしてそれを率先してやってるのが兄上なんだ。『俺に似合うのは麝香しかない』って信じて疑ってない。あの頑固者を説得するには、まずは世論を変えるほうが手っ取り早い気がしてね……」

「アレク……貴方、未だに苦労してたのね……」

「兄上の頭の固さだけは、僕にもどうにもできないよ、本当に……。それにマナーのなってない密猟者が現地の人々に迷惑をかけてるみたいだし、麝香に稀少価値がある限り、それはなくならない。だから僕は、改革したいのもあったんだ」

持ちつ持たれつ、商会を経営する上で人との繋がりは大切にしたいからさと、アレクは付け加えた。どちらかといえばアレクは昔から、第一王子のウィルフレッド様と衝突するのを避けていた。でも今回は違うのね。それくらい彼にとって、この問題は見過ごせないのだろう。

「アレク、一緒に世間の意識を変えましょう。そしてウィルフレッド様の意識もね！」

「うん！　ありがとう、ヴィオ！」

そんな話をしていると、遠目に王城が見えてきた。

戦闘準備をすべく、左手首に香水を振りかけて右手首で軽くポンポンと叩く。

髪の毛を持ち上げうなじにも付けていると、やけに前方から視線を感じた。

「どうしたの？　アレクもほら、早く付けて」

なぜかこちらをボーッと見つめているアレクにそう促すと、彼は慌てて視線を逸らせた。

「ヴィオ、セクシーすぎる……」

頬を赤らめてアレクがそんなことを言うから、「……はぁ？」と思わず変な声がもれる。

「へ、変なこと言ってごめん！」

動揺した様子でアレクは香水を付け始める。

ふわりと漂ってきた香りに、なぜか胸が激しく高鳴る。おかしい、これはおかしいわ。今回のペアフレグランスは『爽やかさ』に重きを置いた配合にしている。

どちらかといえば甘さを抑えて清涼感のある爽やかな香調に仕上げている。

しかも興奮させるより鎮静させる香りの配合なのよ！

私のはグリーンライラックに、ピーチブロッサム、そしてホワイトシダーとアンブレットシードを調合。花本来の柔らかな香りを楽しむフローラルなテイストに、残り香として清潔感のあるアンブレットシードが肌に残る香調にしている。

アレクのはオレンジ、ベルガモット、ライムのシトラス系をトップにして爽やかな印象を与えるように調合。ミドルにバイオレットリーフにローズマリーとジャスミンを加えることで香りに深みを出し、残り香としてシダーウッドとミルラを配合し柔らかい温かみの残る香調にしている。

女性らしいフローラルな爽やかさと、男性らしいアクアティックな爽やかさ。それら二つを重ねることで、より洗練された爽やかさを感じられるはずなのに！

ムードを盛り立てるセクシーな香りとは真逆なのに、どうしてこんなにドキドキするの……まさか、アンブレットシードやミルラのせい？　確かに動物性の麝香と少しだけ似た甘い香りを持つけど、ほんの少量しか使っていない。官能を刺激する効果はほぼないはずなのに。

「ヴィオ？」

心配そうに私を呼ぶその声さえ、色気を感じるなんて……もしかして、リーフの祝福効果？

近付いてくるアレクの顔を押し退け私は叫んだ。

「リーフ、お願い出て来て！」

「どうしたの？　何かあったの？」

驚いた様子で姿を現したリーフに「この香水、なんの祝福を与えてくれたの？」と尋ねると、彼はにっこりと笑顔で答えてくれた。

「それはもちろん、大好きが長続きする祝福だよ！　ヴィオ、アレクのこと大切だって教えてくれたじゃない」

つまりこの香水には今、リーフの祝福効果で互いに媚薬のような効果が付いてるってこと？

『あぁ、ユグドラシル様！　ずっと貴方様のことをお捜し申し上げておりました』

「ねぇ、ヴィオ……リーフって世界樹の大精霊様だったの⁉」

ジン様が恭しく頭を垂れて跪き、アレクが大きく目を見開いてこちらを見ている。

「リーフが、大精霊様？　大陸に一柱しかいない、あの大精霊様⁉」

「二百年前に起こった世界樹の炎上事件後、自然を司る大精霊ユグドラシル様の消息が絶たれてしまったって、歴史の授業で習ったでしょ？　ジンはずっとユグドラシル様の行方を捜していたし、間違いないと思うよ」

ちょっと待って、色々情報過多だわ。教科書に載っていた神秘的なユグドラシル様と見た目が全然違うし、幼い子どもの姿をしたリーフを見て、気付けるわけがない。

でも上級精霊であるジン様がそう仰るのなら、間違いではないのだろう。

リーフに視線を移すと、助けを求めるように彼は私の背中に隠れてしまった。

「ヴィオ、このおじさん怖い……」

『お、おじ……？』と呟き固まってしまったジン様を見て、アレクが声を立てて笑いだす。

「アハハ！　ジンの見た目はいかついもんね。これでもまだ風の上級精霊の役目を受け継いで三百年の若造らしいよ。お兄さんってことにしてあげてほしいな」

三百年でもすごい年上だと思うけど、精霊たちの中ではそうではないらしい。

「リーフ、貴方そんなにすごい精霊だったの？」

「わからない。ヴィオに出会うまでの記憶が、僕にはないから……」

『ご安心ください。ユグドラシル様の全ての記憶は、我等四柱の上級精霊がそれぞれ預かり受け丁重に保管しております。継承すればすぐにでもこれまでの記憶を思い出されるはず……』

「そんなの要らない！　僕はずっとヴィオのそばにいる！」

ジン様の言葉を遮ったリーフは、小さな身体で私の腕にがしっとしがみ付いている。

「僕はリーフだもん。ヴィオが付けてくれた大事な名前があるもん。ユグドラシルなんて知らない！　過去の記憶なんて要らない！」

突然自分が大精霊だなんて言われて、混乱するのも無理はない。私だって頭が追い付いてないんだもの。リーフは私が子どもの時から共に過ごしてきた大切な友達でもあるし、家族のような存在だ。だからこそ今は、リーフの気持ちに寄り添いたい。

「ジン様、詳しい事情はあとでお聞きしてもよろしいでしょうか？　今はリーフも混乱しているようですし……」

私の言葉に頷いたジン様は、リーフに向かって恭しく頭を下げると、『突然驚かせてしまい、誠に申し訳ありませんでした』と謝罪の言葉を残し、その場から姿を消した。

「もう大丈夫よ、リーフ。ごめんね、私が呼んでしまったばかりに驚かせちゃったわね……」

混乱していたからって悪いことをしてしまったわ。

この子が外の世界を怖がっていたのは、私が誰よりも知っていたのに。

「ヴィオのせいじゃないよ！　僕がお願いしたことだし……そばにいてもいい？　ヴィオが普段

見てる世界を、僕も知りたい」

「わかったわ。アレク、連れていってもいいかしら？」

もちろんだよと頷くアレクを見て、「やった、ありがとう」とリーフは笑顔を取り戻してくれた。

「ところでリーフ、一つお願いが……」

「なーに？」

「できれば祝福の効果を少しだけマイルドにしてもらえないかしら……」

このままじゃ、恥ずかしすぎてダンスが踊れないわ！

悲しそうに翡翠色の瞳を揺らして、「僕の祝福、ダメだった？」とリーフが尋ねてくるから、私は慌てて首を左右に振った。

「ダ、ダメじゃないわ！　とても嬉しかったわ、ありがとう。でも今日はね、大切な目的があるの。祝福に頼らなくてもアレクのことは大切だから、ね？」

「ヴィオ……！」って私の名前を呼びながら嬉しそうに破顔してるアレクを横目に、とりあえず今はリーフに訴えかける。今日のために皆で一生懸命準備したものが無駄になっては悲しいもの。

「大切な目的？」

「今日はきっと、レクナード王国史に残る一夜になる。社交界に蔓延る悪臭を一掃するんだよ」

「しゃこうかいにはびこるあくしゅ？」

首をかしげるリーフを見て、アレクは簡単な言葉で言い直してくれた。

「えっとね……悪者をやっつけて、綺麗な世界にするんだよ」

「わぁ、正義のヒーローみたい！」

「そう！　ヴィオの作ってくれたこの香水が、悪（臭）を倒すんだ。まさしく、正義のヒーローだね！」

相変わらず子どもの扱いうまいわね。微笑ましい彼等のやり取りを見て、自然と口元が緩む。

「わかった！　だったら、もっと相応しい祝福に変えるね！」

「え、いや、そんなことしなくていいのよ？」

「この香水を付けたヴィオとアレクは、正義のヒーローでしょ？　だから相応しい祝福あげる！」

リーフは前方に両手をかざすと、神々しい光の粒子を放出した。

すると温かな光が私とアレクを優しく包みこみ、落ち着かなかった胸の動悸がおさまった。

どうやら媚薬っぽい効果は切れたようね。

「ありがとう、リーフ」

「えへへ、どういたしましてー！」

今度はなんの祝福だろう？　一抹の不安は拭えないけれど、会場に着いてしまった。

私たちはそのまま戦闘会場へと向かった。

大広間の立派な扉の前で、腕を組んで仁王立ちしている男性の姿が見えた。

「遅いぞ、アレクシス！」と、こちらを鋭い眼光で睨み付けてくる男性――どう見てもあれは、第一王子のウィルフレッド様じゃないの！

金色の前髪をきっちりと後ろに撫で付け、青地に銀の刺繍の施された礼服を寸分の違《たが》いなく身に纏われている。

「悪いね、兄上。主役は最後に登場するものでしょ？」

「まったくお前というやつは、いつもいつもギリギリに！」

は、鼻がもげる！　ちょっと待って、やっぱりウィルフレッド様、麝香を薄めずに塗りたくってるじゃないの！

隣では王太子妃のレイラ様が必死に扇子で口元を隠し、気を失いかけていらっしゃるし。化粧で誤魔化してあるけど目元にはうっすらとクマがあり、きちんとお食事を取られているのか心配になるほど線が細い。

「別に遅れてはないし、大丈夫だよ」

「お前たちがなかなか来ないから、入場をわざと遅らせておったのだ！」

「いやーできた兄を持てて、僕は幸せ者だなー！」

アレクはきっと、ウィルフレッド様を怒らせる天才に違いないわ。「ありがとう、兄上」と笑うアレクを見て、ウィルフレッド様の額に刻まれた皺の数が増えていってるもの。

「王家主催の行事で不手際があったらいけないからだ。別にお前のためじゃない！」

「またまたー、僕は知ってるよ。兄上がこの舞踏会を、とても楽しみにして開いてくれたこと」

その言葉に、ウィルフレッド様の耳が微かに赤みを帯びた。仲が悪い兄弟じゃないのよね。

「人前で軽々しく身内を褒めるな！　まったくお前というやつは、王族としての威厳を持て！」

ウィルフレッド様の厳しい言葉の半分くらいは、照れ隠しでもありそうね。

そんな二人の様子を観察していたら、ウィルフレッド様と目が合った。

「王国の若き太陽ウィルフレッド王太子殿下、王国の麗しき月光レイラ王太子妃殿下にご挨拶申し上げます」

さっと両手でドレスをつまんで腰を落とし、淑女の礼をとって挨拶をする。

「ヒルシュタイン公爵令嬢か」

「申し訳ありません、王太子殿下。アレクシス殿下は私の緊張を和らげるために、ゆっくりと歩幅を合わせて歩いてくださいました。そのせいで到着が少し遅くなってしまったのです」

隣でアレクが驚いた顔をしてこちらを見ている。余計なお世話だったかもしれないけれど、アレクが色々気遣った上で会場入りの時間を逆算しているのを、私は知っている。

彼がいつも時間ギリギリを狙って会場入りするのは、自分の価値を必要以上に高めすぎないためなのよね。そしてウィルフレッド様を立てる意味もある。

優秀な王太子と少し抜けてる第二王子。

社交界でその関係性を壊さないためだって、私は知ってるのよ。ウィルフレッド様がアレクの真意に気付いておられるかは、あまり接点がないため正直よくわからない。でもせめて、貴方の弟は誰よりも優しくて気配りができる人なんだよってわかってほしかった。

「ふむ、そうか。それなら仕方ないな」

そしてウィルフレッド様は、女性に対しては紳士で有名だもの。男性に対しては厳しい面もあるけど、そんな彼を認めて慕い付いていく部下も多い。

その上で女性人気も博しているから、王太子としての地位を盤石なものとされている。

「二人とも、改めて婚約おめでとう」

「ありがとう、兄上」と言って微笑むアレクに続いてお礼を述べつつ、先ほどからぼんやりとされているレイラ様が心配になり、失礼を承知でこちらから声をかけた。

「あの、王太子妃殿下。顔色が優れないようにお見受けするのですが、大丈夫でしょうか？」

はっとした様子で隣のレイラ様に視線を落としたウィルフレッド様は眉をひそめ、「レイラ、具合が悪いのか？」と心配を含んだ声色で尋ねられた。

「い、いえ……滅相も、ございません。公爵令嬢と一緒で、緊張しておりますだけですわ……」

「何も心配せずともよい。安心して俺にその身を委ねてくれ」

「お気遣いいただき、ありがとう……ございます……」

レイラ様の濃紺色の目はうつろで、生気が感じられない。ウィルフレッド様のレイラ様を見つめる優しい眼差しには愛情が見受けられるけど、逆は悪臭に遮断されて視線すら合わないわね。

レイラ様は少しでもウィルフレッド様から距離をとりたかったのか、澄んだ空のように美しい水色の長髪を揺らしながら、こちらに小走りでやって来られた。

「二人とも、ご婚約おめでとうございます」

「義姉上《あねうえ》、ありがとうございます」

「ありがとうございます」

レイラ様、今のうちに必死に息を吸っておられるわ……肩を激しく上下させる姿を見て、なんだか気の毒になってきた。

「お二人から、とてもいい香りがしますわ」

「さすがは義姉上《あねうえ》、よく気付いてくれたね。この香りはヴィオが作ってくれた香水なんだ」

「まぁ、この素敵な香りをご自身で？　よかったら今度……」

レイラ様が何かを仰りかけた時、「レイラ、そろそろ入場だ」とウィルフレッド様がお呼びになられた。

「かしこまりました」

力なく返事されたレイラ様は、ウィルフレッド様にエスコートされて会場の中へ。

パーソナルスペースを保っていても香る、強烈な匂いだ。隣を歩くレイラ様の気苦労は絶えなさそうねと、そんな二人の背中を眺めていたら、アレクがボソッと呟いた。

「ヴィオ、鼻は無事かい？」

「ええ、なんとか……アレク、今までよく耐えてきたわね」

「昔はそうでもなかったんだけどね。義姉上《あねうえ》ができてからかな。あそこまでひどくなったのは」

「レイラ様、具合悪そうだったけど大丈夫かしら？」

「悲しいことに、それがいつものことなんだ。離縁されやしないかと、こっちはヒヤヒヤしてるんだよ」

王太子妃のレイラ様は確か、隣国のライデーン王国から嫁いでこられた王女様だったはず。

「もし愛想を尽かしてレイラ様が自国に戻られてしまったら、国際問題に繋がるわね……」

「そうなんだ。レクナード王国は隣国から、悪臭王国って呼ばれそうだよね」

「嫌よ、悪臭王国なんて！」

「大丈夫。こっそり後ろからジンを向かわせたから。根こそぎ除去する予定さ」

根こそぎ除去？　一体何をするつもりなのよ……ウィルフレッド様たちの入場が終わったようで、扉番に「準備が整いました」と声をかけられた。

そうか、王族のアレクと並んで入場するってことは、大々的に名を呼ばれ、注目されながら会場入りするのね。今まで王族の入場をただ拍手しながら迎える立場だったから忘れてたわ。

「僕たちも行こうか。ヴィオ、名前を呼ばれたら三秒だけ入場を待って」

「わかったわ」

大広間の大扉が開かれる。

眩《まばゆ》い光を放つシャンデリアが会場を明るく照らし、盛大に私たちの名が呼ばれた。

「アレクシス・レクナード第二王子殿下、ヴィオラ・ヒルシュタイン公爵令嬢のご入場です！」

盛大な拍手に包まれる中、床から天井に向けて風が吹き抜けるのが見えた。

会場の中にいる当人たちは気付いてなさそうだけど、微かにふわりと広がるドレスの裾が一斉に揃っていて、こちらから見たら一目瞭然だった。

これはもしや、アレクの策略では？

風につられて視線を上げると、シャンデリアの上には青と白の長毛を持つ気品のある狼、フェンリル様の姿がある。大きな口から放たれた白い冷気が、瞬く間に天井を埋め尽くした。

なるほど、ジン様の風魔法で悪臭を上空へ飛ばして、フェンリル様の氷魔法で瞬時に凍らせたのね。そのおかげでいつもならどぎつい悪臭漂う会場が、清潔な空気で満たされている！

「これ、ウィルフレッド様にバレたらヤバいんじゃないの？」

「僕もシルも、しばらく謹慎くらうだろうね。ハハッ、天井高いし大丈夫だよ……たぶん」

たぶんって言いながら目を泳がせるのやめて！　本当に危ない橋を渡るのが好きね！

「さぁ、ここから歴史を変えるんだ。行こう、ヴィオ」

アレクにエスコートされながら、会場に足を踏み入れる。

「あら、この爽やかな香りは……！」

「まるで心が洗われるようですわ！」

「不安が消え、希望が満ちてくる！」

んんっ？　なぜかハンカチで目の端を拭ってる人や、こちらを見て嬉々と瞳を輝かせている人の姿が目に付く。

「ああ、なんてお似合いの二人なのかしら！」

「今夜の舞踏会、参加できてよかった！」

王族専用の席につき、改めて会場を見渡すと羨望の眼差しが向けられていることに気付いた。

『正義のヒーローたちに、みーんな釘付けだね！』

姿を消しているリーフが、私の耳元で楽しそうに囁いた。

そこで初めて彼の与えてくれた祝福が、会場中の人々に影響を与えていたのだと気付いた。

いつも腫れ物を見るような眼差ししか浴びてこなかったから、なんだかそわそわする。

「今宵は我が息子アレクシスと、ヒルシュタイン公爵令嬢ヴィオラの婚約を祝う舞踏会へ、よくぞ集まってくれた」

ものすごく注目を浴びる中、陛下の口上に合わせて会釈をする。

「このようなめでたき舞踏会を開けたのも、皆の支えあってのこと。誠に感謝する。どうか若き二人を祝して、今一度大きな拍手をここに」

会場中に盛大な拍手が響き渡る。祝いの言葉が飛び交い、アレクの婚約者として皆に認めてもらえたんだと思うと嬉しくて、じんわりと心が温まるのを感じた。

「それでは開幕を告げるダンスを、主役の二人にお願いしよう」

「名誉ある役目を与えていただき、誠に光栄です」

アレクが私の前で跪き、形式に則りダンスを申し込んできた。

「私と一曲、踊っていただけますか？」

「ええ、喜んで」

手を差し出すと、「ありがたき幸せ、感謝いたします」とアレクは私の手を取り、軽く持ち上げて手の甲にキスを落とした。そこまで厳格な形式に則りダンスをした経験がないため、恥ずかしくて顔に熱が帯びるのを感じた。

流れるような所作でそのままアレクにエスコートされて、ダンスフロアに上がる。

ただ一曲踊るだけだと心に念じ、平静を保つ努力をして構えをとっていたところに、「ヴィオ、顔真っ赤だよ」なんて耳打ちされ心臓が跳ねる。羞恥心を煽ってくるアレクが恨めしくて睨みつけると、彼は蕩けるような笑みを浮かべてこちらを見ていた。

「大丈夫、僕に任せて。君のくせは全部知ってる」

「……さらっと怖いこと言うわね」

アレク、貴方は少々心に秘めておいたほうがいい失言を、垂れ流しすぎではなくて？

「ずっと夢だったんだ。こうして堂々と、ヴィオを僕のレディだよって皆に紹介するのが」

どんどんハイな状態になっていくアレクを見てたら、逆に落ち着いてきたわ、ありがとう。

私は知ってるのよ。貴方が楽しいことに夢中になった時、それを最大限に遊び尽くす性分だってことを。身分を隠している城下でなら大目に見てたけど、この場で暴走するのはよくないわ！

「ねぇ、アレク。踊り始めてから、身体にやたらと風を感じない？」

白状させるため、なるべく穏やかに尋ねると、彼は嬉しそうに目を細めて答えてくれた。

「ヴィオを会場で一番美しい花にしてみせるよ。そのために、ジンに頼んでるんだ」

「やっぱり、また危ない橋を渡ろうとしてるのね！」

どおりでさっきから、ヒラヒラとドレスの裾が大袈裟に揺れると思っていたのよ！

『ヴィオ、ドレスが綺麗に舞って森のお姫様みたい！　僕もお手伝いする！』

上空からは楽しそうなリーフの声が聞こえてきて、止める間もなく上空から美しい花の雨が優雅に舞い降りてくる。リーフ！　貴方までやり出したら収拾つかなくなるわよ！

「まぁ、なんて美しいんでしょう！」

「精霊たちまで、祝福してくれているのね！」

これ、絶対あとで謹慎くらうやつじゃないの？　ジン様の風魔法とリーフの植物魔法が会場を賑やかし、ド派手な演出の中でアレクが私の身体を抱えて華麗にフィニッシュをきめた。

会場からは「ブラボー！」「素晴らしかったですわ！」「感動しました！」などと歓喜の声が上がっている。鳴りやまない歓声と拍手に応えるようお辞儀をし、私たちはダンスフロアを降りて席に戻った。

一般にダンスフロアが解放され、自由時間を迎えた。いつもならここで香水の匂いが落ちたことを気にかけ、お色直しに席を外す紳士淑女の皆様が多いのだけど、今日は違った。

「アレクシス殿下、ヴィオラ様！　ご婚約おめでとうございます！」

私たちの前は、挨拶をしに来た若い貴族たちで、長蛇の列ができあがっていた。

しかも話に聞き耳を立てようと、紳士淑女の皆様たちまで心なしか距離が近い。

「ところでその……なんの香水をお使いなのですか？」

「とてもいい香りがして、よかったら売ってるお店を教えていただけないでしょうか？」

社交界デビューしたての若い令嬢たちが、興味津々といった様子で尋ねてきた。

「これはね、ヴィオが作ってくれた特別な香水なんだ。だから一般には出回っていないんだ」

「やはり『フレグランスの女神』はヴィオラ様だったのですね！」

「兄が魔法のミストを嗅いで、とてもすごいと騒いでいたんです！」

気のせいかしら。ダンスより、こちらの話に聞き耳を立ててる人が多い気がするのは……楽団が素晴らしい演奏をしているのに、ダンスフロアががら空きだわ。

「舞踏会に参加してくれた皆に、今日は特別にお礼の品を用意してるんだ」

「お礼の品、ですか？」

でも人がこちらに集まっているなら好都合ね。しっかりと宣伝させてもらいましょう。

「私の作った香水の試供品よ。よかったら帰りにもらって帰ってね」

「ヴィオラ様お手製の香水を、いただけるのですか？」

「ええ。こうしてお祝いに来てくださった皆様へ、ささやかなお礼にと準備させてもらったわ」

「ありがとうございます！」や「とても楽しみです！」という令嬢たちの嬉々とした声がいい宣伝になったようで、周辺の招待客たちもざわつき始める。

皆の興味はひけたし、そろそろこの人混みを閑散としたダンスフロアへ流さないとまずいわね。

王室主催の舞踏会が盛り上がりに欠けていた、なんて記事にされたら大変だわ。ウィルフレッド様たちが、華麗なダンスでなんとかフォローしてくださっているけど、曲も終盤を迎えている。

これ以上二人に負担をかけるわけにはいかないし、かくなるうえは、秘密兵器の投入よ！

「それに加えて、舞踏会を盛り上げてくれたペアには特別に、ペアフレグランスをプレゼントしようと思ってるのよ」

「ペアフレグランス？」と首をかしげる令嬢たちに、「僕とヴィオが今付けている香水だよ。二人の香りが合わさることで、また別の香りを楽しむことができるんだ」と、アレクが説明を補足してくれた。ナイスアシストね！

「二人の香りが合わさることで別の香りが……？」

「とてもロマンチックですわ！」

「頑張って踊ってきます！」

聞き耳を立てていた紳士淑女の皆様が、こぞってダンスフロアに上がり始めた。

やはり人って、特別なものに弱いわね。準備してて正解だったわ。

こうして舞踏会は大盛況で幕を閉じた。

お店の宣伝を兼ねた香水の試供品を、帰りに皆が嬉しそうに持ち帰ってくれて、戦果は上々といったところだろう。


帰りの馬車の中で一息ついていると、アレクが嬉しそうに話しかけてきた。

「ヴィオ、策士だね！　まさか頼んだもの以外にも作ってくれてたなんて！」

「香り改革だけ成功して、舞踏会が失敗したらアレクが困るでしょ？」

「僕のために……？」

「ウィルフレッド様に認めてもらうには、全てを完璧に終えてからが、勝負でしょ」

「ありがとう、ヴィオ！　君のおかげで今日は大成功だよ！」

「ふふっ、それならよかったわ」

それからお店の進捗状況やこれからのことを話していると、あっという間に公爵邸に着いた。

アレクにエスコートしてもらって、馬車を降りる。どこか名残り惜しそうに私の手を離してこちらを見つめる彼に、「送ってくれてありがとう」とお礼を伝えた。

「これくらいどうってことないよ」と言って微笑んだアレクは、表情を少し強張らせて「それよりも、ヴィオ。一つだけお願いが……」と口にした。

「改まってどうしたの？」という私の質問に、アレクは頬を紅潮させて答えた。

「その……ハグ、してもいい？」

「な、何よ突然！」

「残り香が合わさったら、どんな香りになるのかなって……興味があって……」

「確かにそれは、私も気になるわ」

両手を広げて待つと「ありがとう」と言って、アレクは優しく私の身体を抱き締めた。

最初に感じたのは、ほのかに香るシダーウッドの落ち着いた匂い。それが清涼感のある甘いミルラの香りやアレクの本来持つ香りと重なって、より深みが出ていた。私の付けた香水も最後は同じ樹木系の香りだから、それがもう混ざり合ってどちらの香りかわからない。

香りが一つに調和して、なんだかとても落ち着く。この香りをもっと堪能したくて、私は無意識のうちに広げた手をアレクの背中に回していた。

すらっとした長身で細いイメージがあったけど、意外と広い背中をしてるのね。

私を抱く腕も筋肉質で硬いし、いつの間にこんなに男性らしくなったのかしら？

意識したら密着した身体が恥ずかしくなって、途端に落ち着かなくなってくる。

そんな時、「ゴホン」とわざとらしい咳払いが聞こえ、慌ててアレクの胸板を突き放した。

「仲がいいのはわかりますが、結婚するまでは節度ある付き合いを頼みますよ、殿下」

そう言って目を光らせるお父様を前に、「も、もちろんですよ、団長！」と頷いたアレクは、

身の潔白を証明するかのように両手を挙げて苦笑いをもらしている。冷や汗をタラタラと流しながら、「またね、ヴィオ」と彼は足早に帰っていった。

別にやましい思いがあったわけじゃないのに、どうしてそんなに慌てているのかしら？

舞踏会で私の配った試供品は、社交界に新たな香り旋風を巻き起こしていた。

中でもペアフレグランスの試供品を手に入れたイザベラが、婚約者のロズワルト様とそれを周囲に自慢しまくっているらしい。社交界では私の作った香水の話で持ちきりだという噂を後日、舞踏会のお礼を持って訪ねた時にシルから聞いた。

イザベラ、たまには役に立つじゃない！

社交界の香り改革のほうは、順調といってもいいだろう。その一方で――。

「ヴィオ、また怖いおじさん来た！」

「リーフ、怖いおじさんじゃなくて風の上級精霊ジン様よ」

なんとかリーフに慣れてもらおうと、私の温室にジン様が通っておられる。

しかしなかなかリーフと仲良くなるのが難しいようで、リーフはジン様が来る度に身構えて、私の後ろに隠れてしまう。

『リーフ様……』

がっくりと項垂《うなだ》れるジン様に、アレクが笑いながら声をかける。

「ジン、僕いいもの持ってきたよ」

じゃんと取り出したのは、ユニークな変装グッズだった。

「劇団の衣装とか小道具扱ってるお店に頼んで、作ってもらったんだ」

『これを、我がつけるのか？』

「リーフと仲良くなりたいだろう？　子どもと仲良くなるコツをついでに教えてあげるからさ」

二人でコソコソと作戦会議し始めたアレクとジン様。しばらくして、変装グッズを身に着けたジン様が姿を現した。

『私は英雄王イスタール。旅の疲れを癒せる場所を探しているのだが……』

「英雄王イスタール？　えっ、本物？」

キラキラと瞳を輝かせて、リーフが英雄王イスタールに扮《ふん》したジン様のもとへ飛んでいった。

そういえば昔、英雄王イスタールの絵本をよく読んであげたわね。

リーフが正義の味方とか、英雄とかに憧れるのは、きっと絵本の影響だろう。

「この剣を一振すれば、なんでも裂けるの？」と、期待を込めた眼差しを送るリーフに、『ああ、もちろん』とジン様は威厳たっぷりに頷いた。

「見てみたい！」

『心得た』

剣を振り上げたジン様に、アレクが「ちょっと待って！」と止めに入るも時すでに遅し。

剣から風撃を放ったジン様は、目の前にあった花壇ごと無に帰した。

「ご、ごめん、ヴィオ！　こんなつもりじゃ……！」

「……貴方たち、今すぐここから出ていきなさい！」

問答無用で彼等を温室から追い出した。あぁ、折角愛情込めて育てた花やハーブたちが……！

痛かったよね。無惨にちぎれてしまった残骸を拾い集めていたら、後ろからリーフの声がした。

「ごめんなさい、ヴィオ。僕が悪いの、英雄王イスタール様は悪くないの。なおすから、綺麗になおすから許して！　僕を捨てないで……！」

泣きながらリーフが地面に手をつくと、私の手にあったちぎれた花やハーブが宙に浮いて元通りに再生していく。

どういうこと？　生命力を失った植物を完全に元に戻すなんて、普通できることではない。

「自然は皆、僕の一部。枯らすのも咲かせるのも、僕の仕事。世界を維持するために、見守るのが……僕の、し……ごと……」

「リーフ？」

その場で気を失い倒れてしまったリーフをすんでのところで受け止めた。

落とさないように、その小さな身体を両手で持ち上げる。

「リーフ、お願い！　しっかりして！　リーフ！」

呼びかけても、ぐったりと横たわったまま動かない。

『久々に本来の力を使われて、お疲れなのだろう。しばらく休めば、お目覚めになられるはずだ。ヴィオラ殿、すまなかった』

「ごめん、ヴィオ。配慮が足りてなかったよ……」

悲しそうに目を伏せる二人を見て、「こちらこそ、ごめんなさい」と謝った。

いくら大切な花壇をめちゃくちゃにされたからって、大人《おとな》げなかったわね。

休めるようにリーフの身体を、彼がいつも休憩に使っているクッションの上に寝かせてあげた。

「ジン様。リーフのことについて改めて、詳しく教えていただいてもよろしいでしょうか？」

深く頷くと、ジン様は昔起こった出来事を話してくれた。

『リーフ様は自然を司る世界樹の大精霊ユグドラシル様のご子息、後継者だ。およそ二百年前、魔族の襲撃からこの大陸を守ってくださったユグドラシル様は、核となる世界樹の大部分を失ってしまった。死の間際、自身の力を受け継いだ大精霊の卵と記憶を、四柱の上級精霊に託してくださった。だが我が護衛をしている時に魔族の残党に襲われ、大事な卵を奪われてしまったのだ。取り返そうと追いかけて見つけたのは、燃やされた卵の残骸だった』

当時のことを思い出したのか、ジン様は悔しそうに拳を握りしめ唇を噛んだ。

『それから二百年、我はずっとご子息様のご存命を信じて捜していたのだ。ユグドラシル様との大切な約束、預かった記憶をお渡しするために』

長い寿命を持つ精霊と人間では時の流れが違うとはいえ、この二百年……リーフが過酷な環境でなんとか生き延びてきたのだけはジン様の話でわかった。

「私がリーフと出会った時、彼は白い狐の姿をしていました。なんの記憶もなく、ボロボロの姿でひどく怯えていたんです」

『本来であれば上級以上の精霊は、通過儀礼《つうかぎれい》をへて一人前として認められたあとに、親の死と共に代々受け継がれてきた記憶を継承するのが一般的だ。しかしユグドラシル様の死は不測であったが故に、正しい継承ができなかった。リーフ様はおそらく、逃げ延びた場所でよく見かける獣の姿を模して生活しておられたのだろう』

「防衛本能ってやつだね。ヴィオに温室を追い出されたあと、リーフはとても焦っていて、ジンから何か吸い取ってたよね。もしかしてあれが、預かった記憶だったの？」

アレクの問いかけに、ジン様は頷いた。

『ああ、そうだ。我が預かったのは、大精霊が行うべき【役割】の記憶。リーフ様自身が望まれたが故に継承されてしまったのだが、お見受けしたところまだ身体の成長が不十分のようだ。そのせいで無理がすぎたのだろう』

生まれてすぐに命を狙われ、ひとりぼっちであてもなく彷徨《さまよ》って。

おそらくここがリーフにとって、やっと見つけた安心していられる居場所だったのだろう。

そんな場所から追い出されたら、不安になるのは当然だ。私に捨てられたと思って、リーフはあんなに無理をしたのね。そんなことするわけないじゃない。

「ごめんね、リーフ」

アレクたちが帰ったあと、クッションに横たわるリーフに謝っても、返事はない。

今は時間が解決してくれるのを待つしかないようだった。

しかしそれからリーフはなかなか目を覚まさなかった。

❖❖❖

本格的に夏を迎え、暑い日が続いていた。温室は空調を整える魔道具で温度を管理しているとはいえ、一度外に出れば照り付けるような日差しに汗がじとりと滲み出す。

ジン様の話だと、私の育てた植物がリーフに力を与えてくれるらしい。

だから今日も温室の収穫して空いたスペースに、せっせと新しい花の苗を植えていた。

「ごめん、ヴィオ。どうしても君に相談したいことがあるみたいで……」

「いらっしゃい、アレク。何かあったの？」

振り返ると彼一人ではなくて、なんとも予想外の人物を連れていた。

「突然すまない。ヒルシュタイン公爵令嬢、どうしても君に頼みがあるのだ」

ちょっとアレク！　そういうのは事前に連絡してよ！　私、作業着のままなんだけど！

とりあえず手に持つじょうろをさっと地面に置いて、淑女の礼をとる。

「王国の若き太陽ウィルフ……」

「ストーップ！」

突然慌て始めるアレクに、なぜか挨拶を邪魔された。

「僕の護衛騎士！　一緒に来たの、僕の護衛騎士！」

という体《てい》を装えということね。見たところウィルフレッド様は、目立たないよう一般の騎士服を着て誤魔化しておられる。ものすごい訳ありのようね……一体なんの相談なのかしら。

「できれば目立たない所で話をしたいんだけど……」

「使用人にも秘密にしたほうがよいのかしら？」

「可能なら……！」

「それなら、奥の作業部屋なら誰も入ってこないけど……」

「ぜひそこで！」

おもてなし用じゃないから実用性重視のテーブルと椅子しかないけれど、いいのかしら？

まぁ、仕方ないわね。二人を調香専用の作業部屋へと案内した。

「ここでヴィオはいつも作業してるんだね！　珍しい道具がいっぱいだ、これはなんだろう」

「割れ物が多くて怪我すると危ないから、大人しく座って待っててくれるかしら？」

興味津々で部屋の観察を始めたアレクに、余計なことをするなとマイルドに釘を刺す。

本当は侍女に給仕をお願いしたいところだけど、それが今はできない。でも今日は日差しが強くて暑いわね。額に汗を滲ませる二人を見て、私はお昼の休憩時に飲もうと冷やしておいたガラスのティーポットを冷蔵保管庫から取り出した。

グラスが冷えてないのが残念だけど仕方ない。戸棚からグラスとコースターを取り出し、ガラスのティーポットから美しい蜂蜜色のお茶を注いで二人に出した。

「レモングラスティーです。暑い時には冷やして飲むと美味しいんです。よろしければ……」

説明してる途中で、アレクはグラスを傾けて飲んでいた。

「ぷはー美味しい！　生き返る！　兄上も飲んでみなよ」

「確かに、美味いな」

少しは涼んでもらえたかしら？　とりあえず私も席について、話を聞くことにした。

「あの、それでご相談とは……？」

グラスのレモングラスティーを見つめ、どこか切り出しづらそうなウィルフレッド様の重たい口が開くのを待った。

「実は、その……ヴィオラ殿には不眠を改善したり疲労を即座に取ったりと、症状に合わせて効果的なアイテムを作ることができると、ジークフリード団長に聞いたのだが……」

お父様……いい加減外で色々誇張するのはやめて！

どうしよう。よく効くのはリーフの祝福効果のおかげなんだよね。

しかしこうしてお父様の言葉を信じて頼ってこられた手前、無下にはできない。

「何かお困りの症状があられるのでしょうか？」

「実は……」から先の言葉がなかなか出てこない。

よほど伝えにくい悩みをお抱えなのだろうか？　アレクに視線を送ると彼は、「兄上、言い出しにくいなら僕が代わりに……」と助け船を出した。

「いや、大丈夫だ。その…………なかなか子宝に恵まれずに悩んでおるのだ」

なぜそんな相談を私に……⁉　動揺しては失礼だと心を落ち着け、私は口を開いた。

「さすがに妊娠しやすくなるアイテムなどは専門外で、お医者様を頼られたほうが……」

「医者には何度も見せた。身体にはお互い、異常はないのだ」

「えっと、つまり……」

「俺がベッドに入ると、レイラが気絶してしまうのだ……」

私は何を聞かされているのだろう。

ウィルフレッド様があまりにも真剣すぎて、どうしたらいいのかわからない。

「その……少しお手柔らかにされては……いかがでしょう？」

「…………それ以前の問題なのだ！」

なんですと？　ベッドに入るだけで気絶……まさか……。

「ちなみに、ベッドに入る前に何かされていますか？　こう、身体に付けたりとか、塗ったりとか……」

お願いだから、あれだけはやめてください……しかし私の願いは叶わなかった。

「ムードを高められると聞いて、麝香を使っている」

「悪の権化！」

「ぷはっ！」

アレク、これ私に相談に来なくても解決できたでしょう。貴方、自分の口で言えないからここに連れて来たんでしょう？

吹き出したあとに、必死に取り繕って澄ました顔してんじゃないわよ！　まさか夜のベッドにまで麝香をふんだんに付けておいでになったら、レイラ様も堪《たま》ったものじゃないだろう。

「ゴホン！　取り乱してしまい申し訳ありません。一つ、よろしいですか？」

「ああ、聞こう」

「麝香って、薄めずに使うとものすごく臭《くさ》いんです」

「……………そうだったのか？」

「女性の立場から言わせてもらえば、正直十メートルは距離取りたいです」

「……………そんなになのか？」

愕然とされるウィルフレッド様の反応を見る限り、本当にお気付きじゃなかったのね。

それもそうよね。ウィルフレッド様に面と向かって『臭い！』なんて言える強者は、なかなかいないだろう。

アレク、貴方なら言えたわよね？　軽いノリで言えたわよね？

「兄上、だから僕は何度も言っただろう？」

まさかの事後！　信頼性の欠如！　日頃の行いって、大事ね……しみじみと思い知らされた。

「だが、側近は誰も否定しなかった。むしろ付けるのが男の勲章だと、薦められたくらいだ」

「兄上。その側近たちに伴侶や婚約者、います？」

「……………皆独り身だな。だがそれは仕事に熱心な者たちで、恋愛にかまける暇を作ってやれなかった俺の落ち度だ」

「百歩譲ってそうだとしても、なんで僕の言葉を信じてくれなかったの？」

「お前だってずっと婚約もせず逃げ回っていたではないか。女性の扱いなど知らないだろう」

「ははっ、痛いところを突いてくるね」

ダメージ受けてるんじゃないわよ、アレク！

「じゃあ、シルの言うことを信じなかったのは？」

「シルフィーは昔からこだわりが強いからな。好き嫌いがはっきりしてるだけだろう」

王族っていっても、蓋を開ければただの人間なのね……一連のやり取りを聞いていて、兄妹じゃ本当に手に負えなくてここに連れて来たっていうのはなんとなくわかった。

「殿下、よろしいでしょうか？」

「ああ、聞こう」

「レイラ様は隣国ライデーン王国から嫁いで来られたお方です。あちらは美しい自然が有名で、共存して栄えてきた国。土地柄として鼻利きに長け、多彩な香りを楽しむ高い感受性をお持ちの方が多いと聞きます」

「それ僕も聞いたことある。香りだけでワインやお茶とかの銘柄の区別が付くらしいね」

「つまりレイラにとって、麝香は……」

「悪の権化です！」

あまりにもショックだったのか、ウィルフレッド様はその場にくずおれた。

「侍女から、子どもができないことで周囲から色々噂されて、レイラが気を落としていると聞いたのだ……それが全て俺のせいだったとは……」

ウィルフレッド様の気遣いや優しさが、見事にマイナスに働いたのね。

「僕やシルの話をちゃんと聞かないからだよ」

「確かにそうだな……今まで、すまなかった……」

ウィルフレッド様が、燃え尽きた灰のようになられてしまった。

このまま帰すのもさすがに気の毒ね……。

乗りかかった船だし、ここは私にできるやり方でサポートしてあげようじゃない！

舞踏会が始まる前、レイラ様は私たちの香水の香りを好まれていたご様子だった。

麝香のように甘い香りを放つものより、自然を感じられるフローラルで爽やかな香りを好まれているのかもしれない。

「ヴィオ、何するの？」

精油を眺めながら棚の前で考え事をしていたら、アレクに尋ねられた。

「殿下にお土産を作ろうと思って」

「ねねっ、僕もやりたい！」

ものすごくキラキラとした眼差しを向けてくるの、やめなさい。

貴方が今やるべきことは、そこで灰と化しているウィルフレッド様に寄り添うことではなくて？　視線で訴えると、アレクは「あー」と声をもらしながら、爽やかな笑顔でこう言った。

「あれ、しばらく動かないからそのままでいいよ」

扱いが雑すぎない？

ウィルフレッド様の目の前で手を振りながら「ほら、何も反応しないでしょ？」と言われても、こっちが反応に困る！

「兄上ってさ、昔から理詰め派なんだ。取捨選択《しゅしゃせんたく》して選び抜いた最高の知識の楼閣《ろうかく》が崩れた瞬間、いつもこうなっちゃうんだよね」

まぁ確かに、プライドの高い方ほど自分の積み重ねてきたものが無意味、むしろマイナスだったって気付かされたらああなるのも仕方ないわね。

「大丈夫、時間が解決してくれる！」

「それならいいけど……」

「僕みたいに、まず試してみればいいのにね～」

アレクはどちらかといえば、試しては失敗を繰り返して解決案を見つけていく試行錯誤型よね。

失敗に慣れてるから挑戦にも恐れがないっていうか、ただの怖いもの知らずっていうか……。

「足して二で割ったら、ちょうどよさそう」

「ははっ、確かに！」

「でもよかったわ。思ってたより兄弟仲は悪くなさそうで」

「心配してくれてたんだ？」

「な、なんでそんなに嬉しそうなのよ……」

「だって心配している間は、僕のことを考えてくれてたってことでしょ？　こんなに嬉しいことはないよ！」

「もう、大袈裟なんだから……」

恥ずかしさを誤魔化すべく身体を翻して、チェストから必要な道具を取り出す。

「ほら、手伝ってくれるんでしょ？　まずは香りの調合からするわよ」

それからアレクと一緒に、ウィルフレッド様にお渡しする香水作りに取りかかった。

あそこまで言ったから、麝香を塗りたくられることはなくなるだろう。

しかしそれだけで安心はできない。優秀な部下の方々が第二の麝香なるものを薦めてしまったら、同じことが起きないとも限らない。

健康にいいそうですよ。

運気が上がるそうですよ。

女性に好まれるそうですよ。

世の中にはそうやって怪しいアイテムを薦める輩《やから》がごまんといる。

そうなる前に、ウィルフレッド様を私の香水のファンとして取り込むのだ！

ついでに麝香を塗りたくるその独り身の部下の方々も取り込めれば、社交界の空気はさらに清らかになる！　一石二鳥！

どうせなら、レイラ様のお好きな花をメインにしたいわね。そうだ！

「アレク。レイラ様が嫁いで来た時、花嫁衣装にはなんの花を刺繍されていたか覚えてない？」

ライデーン王国では、花嫁衣装に自分の好きな花の刺繍を入れる風習があると、本で読んだことがある。素敵だなと思って覚えていたのよね。

「確か流れ星をドレスにしたかのような、珍しい刺繍だったよ」

流れ星……もしかして、小さな花をたくさん咲かせる花なのかしら？

近くにあったメモ用紙に、ささっと思い付いた花の絵を描いてアレクに見せた。

「そう、こんな感じ！」

「ライデーン王国の澄んだ水辺にしか咲かない星華草《せいかそう》ね」

星の形をした小さな花を無数に咲かせる可愛いお花。確かお忍びで参加した花祭りで、一度だけ本物を見たことがある。

思い出せ、どんな香りがしたか！

『星華草は単体ではほとんど匂いはしない。だけど他の花に寄り添うことで、寄り添った花の香りをより引き立ててくれるんだよ』

必死に記憶を辿ると、露店馬車で出張販売に来ていた花屋の店主の言葉を思い出した。

花束の脇役として添えられることが多い――まさしく、縁の下の力持ち。

小さな可愛い星の形をした花を好まれたのかもしれない。けれど正直、王族の婚礼衣装に刺繍を入れるほど高貴な花ではない。むしろ、野生の草花に分類される庶民的な花だ。

もしかすると星華草の刺繍には、レイラ様のこちらへ嫁いでくる覚悟も込められていたのかもしれない。

花言葉は確か……貴方に私の全てを捧げます。

それならば下手にレイラ様に合わせようとするよりむしろ、ウィルフレッド様自身を引き立てる香りのほうがいい気がする。

「アレク、普段の殿下に似合うと思う精油をここから選んで！」

「え、この中から？」

ずらりと戸棚に並べられた精油コレクションを見て、アレクがぎょっとしている。

「あら、手伝ってくれるんでしょう？」

「わ、わかった、選ぶ！」

精油を嗅ぎ比べてアレクが選んだのは、意外にもシトラス系の香りだった。

落ち着いた印象のあるウィルフレッド様なら樹木系を選ぶと思ってたけど、家族の目から見るとシトラス系なのね。

「兄上ってさ、柑橘系の果物が好きなんだよね。まだ子どもだった頃、僕が転んだりして差し出してくれた手からよくこんな香りしてたんだ」

「思い出の香りなのね」

「僕たちには隠してたみたいなんだけど、服に付いた香りでバレバレだったのがおかしくてさ」

「なるほど、それならメインはシトラス系がいいわね」

アレクが選んだオレンジスイートの精油は蒸発しやすいトップノートに適している。

揮発性を考慮して分けつつ、相性のよい精油を選び集めて作業台に置いた。

「右がトップ、真ん中がミドル、左がラストで香る相性のいい精油よ。これを組み合わせて、殿下に相応しい香りを作りましょう」

アレクにやり方を教えて、試香紙を使って最適な組み合わせの香りを探していく。

どの精油を使うか決めたら、容器にスポイトで計りとった少量の高純度のエタノールを入れ、精油を加えて希釈していく。

香りの強さによってブレンドする量はある程度適正量があるから、それをアレクに伝えつつ実際の作業は彼に任せた。最後に精製水を加えてよく振ったら、香水の完成だ。

アレクがプシュっと一吹きすると、シトラス系の爽やかな香りが辺りを漂う。

「調香ってすごいね。違う香りが合わさって、こんなに素敵な香りになるなんて！」

「楽しいでしょ？　香りのピースが綺麗に合わさった瞬間は、何度体験しても最高なの！」

トップには爽やかなオレンジスイートとレモン、ミドルにはフローラルなネロリとゼラニウムで少しだけ甘い香りを足して、ラストはシダーウッドとベンゾインで落ち着いた安息感のある残り香を楽しめる配合だ。

「ヴィオが虜《とりこ》になるのもわかる気がする。でも、少し悔しいな……」

口を尖らせるアレクに「何が悔しいの？」と聞くと、拗ねたように彼は呟いた。

「あんなに可憐な笑顔を引き出したのが、僕じゃないってことが」

「何言ってるの？　貴方と一緒だから、こんなに楽しいんじゃない」

「……ああ、もう！　やっぱりヴィオはずるい」

しばし沈黙が続いたあと、なぜかアレクは両手で顔を覆ってしまった。

失礼ね、何も卑怯なことなんてしてないわよ！

突然後ろから笑い声がして振り返ると、復活したらしいウィルフレッド様が、「アレクシス、お前も苦労しているようだな」と口元を押さえ、肩を震わせておられた。

なぜ笑われているのか、釈然《しゃくぜん》としない。おかしな発言した覚えはないんだけど！

「あ、兄上ほどじゃないよ！　ほら、ヴィオと一緒に兄上の香水作ったから、付けてみてよ」

できあがった香水をアレクがウィルフレッド様に渡し、実際に付けていただいた。もちろん付けすぎないように、正しい分量と付け方もしっかり伝授して。

「爽やかでとても心地のいい香りだな」

「兄上のだーい好きなオレンジを、ふんだんに使ってるんだ。いい香りでしょ？」

ゴホン！　と恥ずかしそうに咳払いするウィルフレッド様が少し可愛く見えた。

「ヴィオラ殿、色々世話をかけた。このお礼はまた改めてさせてもらおう」

「いいえ、どうかお気になさらずに」

王太子夫妻の仲が改善してくれるといいなと願いつつ、帰っていく二人の背中を見送った。

後日アレクに聞いた話では、レイラ様はウィルフレッド様の香水の香りをとても気に入っておられるそうで、仲良く庭園でティータイムを過ごすことが増えたらしい。アドバイスどおりに麝香を付けるのをやめたら、悩みだった閨《ねや》事情も解決したようだと恥ずかしそうに教えてくれた。

そうして王太子夫妻が香水を広めてくれたおかげで、『フェリーチェ』への期待度はうなぎ登りだった。

❖❖❖

緑の葉っぱが赤く色づき始め、季節は秋を迎えていた。

「ヴィオラお嬢様、お手紙が届いております」

未だ目覚めないリーフを心配しながら温室で水やりをしていると、侍女のミリアが手紙の束を持ってきてくれた。

大方、パーティーの招待状かお店に関する件だろう。

目を通す中で見慣れない封筒を発見して差出人を見ると、なんとマリエッタの名前が！

あちらで元気にやってるかしら。ペーパーナイフで封を切って中身を確認する。

『お姉様、いかがお過ごしですか？
年中雪に囲まれたログワーツでの生活は
えっと驚くことも多いですが、皆
様に助けられて楽しく過ごしています。
たくさんの美容品、嬉しかったです。
すごく効いてとても助かっています。
懸命にお花の世話をされていたお姉様をと
ても懐かしく思います』

うまくやれているようね。手作りの美容品も喜んでくれたようだし、また新しいのを作って送ってあげよう！　最後まで手紙を読み終えて、後付けの署名が目にとまる。

どうして名前が少し滲んでいるのかしら？

誰かに送るもので、マリエッタは手を抜くことはない。一文字でも書き損じた手紙はよく丸めてゴミ箱に捨てていたし、インクが飛んで汚れたりしたら必ず書き直していた。

配送中に雪が解けて滲んでしまったのかしら？

ここからはとても遠いし、その可能性は大いにある。けれど、なぜか違和感が拭えない。

もう一度手紙を読み返してみる。

どうして不自然な所でわざわざ行を変えているのかしら。そういえば昔、字を習いたての頃に手紙で暗号メッセージをやり取りする遊びをしていたわね。

昔やったことを思い出し、試しに冒頭の頭文字だけ読んでみると――。

『お年え様たす懸て』という文字列を見て、じとりと額から嫌な汗が出てくる。

この名前の染みが雪が解けて滲んだんじゃなくて、涙が落ちてできたんだとしたら……ふと脳裏にそんな光景が浮かんだ。

もしかしてこれ、『おねえさまたすけて』って書いてあるんじゃ……これは、偶然なの？

それとも本当に、マリエッタからの救援を乞うメッセージなの？

あちらで何かあったのかしら……不安で胸がザワザワしていた時、「大変なんだ！　ヴィオ、いるかい？」と、火急の知らせを告げるアレクが訪ねてきた。

「どうしたの？　そんなに慌てて」

「水の上級精霊ウンディーネ様と連絡が取れないって、ジンが言うんだ」

「ウンディーネ様は確か、ログワーツ伯爵と代々契約を交わされているのよね？」

確かめるように尋ねた声が、微かに震えていた。

「ああ、そうだよ。北方は昔から水害と雪害が多くてね。それを見兼ねたウンディーネ様が、その地に住む人々を守るために、領主であるログワーツ伯爵と契約を結んでくださっているんだ」

将来的にはリシャールがその契約を引き継ぐって、お父様が仰っていた。

生活が不便な領地ではあるけど、上級精霊の加護を受け安全面においてはそこまで心配していなかったのに……。

「ログワーツ領は君の妹が嫁いだ領地でもあるし、少し心配で……」

「ねぇ、アレク。さっき妹から手紙が届いたのだけど……」

私はマリエッタから届いた手紙をアレクに見せた。

「元気そうで何よりだけど……改行の仕方が少し独特だね」

手紙の文面を頭一文字だけ見えるようにして、手で覆い被せて口を開く。

「これ、読んでみて」

「おねんさまたすけんて……お姉様助けて？　これは……」

「杞憂だったらいいんだけど、胸騒ぎがして仕方ないの」

私の震える手にアレクがそっと自身の手を重ねて、震えを止めてくれた。

「ヴィオ、僕行って見てくるよ。もし精霊絡みの事件が起きてるなら、王家としても放っておけないし」

「私も行く、連れてって！　マリエッタが心配なの！」

「ごめん。危険かもしれないし、今回は連れていけないよ。リーフもまだ目覚めてないんでしょ？　そばに付いててあげたほうが……」

「リーフが目覚めないのは、ウンディーネ様と関係がある可能性はない？」

「どうだろう……ジン、どう思う？」

アレクがジン様に呼びかけると、小さな竜巻の中からジン様が姿を現した。

『可能性はあるだろう。記憶の融合は長くても数日休めば目覚めるはずだ。何か別の原因があると考えたほうがよいのかもしれない』

「そういえば、ウンディーネ様は【愛】の記憶を保管してるって言ってたよね？」

『ああそうだ』

「ヴィオに締め出されたショックも、【愛】の記憶を引き継げば癒される可能性もあったりして」

「本当に悪かったと思ってるのよ……繊細なあの子をアレクと同じように扱ってしまったことを！」

アレクが変装グッズを出してきたあたりから、外に追い出しておくのが正解だったわ。

「……………僕の扱いはあれでいいんだ」

『そう気を落とすな。締め出されるのは得意であろう？』

「ははっ、ジンまで地味にひどい！」

なぜかいじけているアレクの肩にぽんと手を置いて、私は言いきった。

「アレク。連れていってくれないなら、自分で行くわ。お父様にお願いして、護衛を付けてもらえば問題ないでしょ」

「あーもう、結局そうなっちゃうのか！」

「行くって言ったら、絶対行くわ」

「一度決めたら絶対に譲らない芯の強いところもヴィオの魅力ではあるんだけど、でも……」

「それに自分の身は自分で守る。伊達に王立アカデミーを首席で卒業してないわよ」

「茨の淑女だっけ……学園でおっかない二つ名持ってたよね……」

「あら、あまり学園通ってなかったのによく知ってるわね」

アレクは私より一つ年上で、一応学園では先輩にあたる。

ただ籍があるだけで、アレク自身はほぼ学園には通ってなかった。

国王様に出された難題任務に忙しかったっていうのもあるけど、王族は子どものうちに学園で習うことを習得しているから色々免除されてるらしい。

「魔法の実技試験で、騎士科の男子生徒たちを植物魔法で呆気なく倒したとかなんとか……」

「ふふっ、そんなこともあったわね」

精霊と契約している学生は、魔法学の習得が義務化されていた。

そこには戦闘形式の実技試験もあって、召喚した茨で壁にはりつけにしてあげたのよね。

そうしたら一部から【茨の淑女】なんて変なあだ名で呼ばれるようになった。騎士科の男子生徒たちから廊下ですれ違う度に敬礼されて、目立つから本当にやめてほしかった。

「わかった、君が普通の女性より強いのは認めるよ。でも心配だから、一緒に行こう」

「最初から素直にそう言ってくれればいいのよ」

「同行する精霊騎士を選抜しないといけないから、出発に三日くらい時間かかると思う。それまでに準備を済ませておいて」

「わかったわ」

こうして、アレクと共にログワーツ領へ行くことになった。

間章二

譲れない想い

四歳の頃に母を亡くした。けれど寂しくはなかった。

お姉様がいつも、私のそばにいてくださったから。聡明で機転もきいて、美人のお姉様は、なんでもそつなくこなしてしまう完璧なお方――私の憧れで、自慢の姉だった。

お姉様の持つものを真似すれば、私もそうなれると思っていた。だから我が儘を言って、お姉様のドレスやアクセサリー、靴など、なんでも欲しいとねだった。

優しいお姉様は、駄々をこねて泣く私に、それらを譲ってくれた。

嬉しくて、お姉様の真似をしてみた。けれどお姉様のスタイルに合わせて作られたドレスは、私には不格好で着こなせるはずもなく、折角の美しいアクセサリーや靴も似合わない。

それらはお姉様だからこそ着こなせるもので、私に扱えるようなものたちではなかった。

「ヴィオラ様はこの年でもう精霊とご契約されているのね。さすがは炎帝様のご息女ですわ！」

「あの美しい気品ある所作も、とても子どもとは思えませんわね。将来が楽しみですわ！」

「それに比べて妹のマリエッタ様は……」

八歳を迎え社交場に出るようになると、自慢だったお姉様と比べられることがだんだんストレスになっていった。

精霊や精霊獣と契約して魔法が使えるのは、貴族の中でも一握りのエリート。

特に偉大な英雄である父を持つヒルシュタイン公爵家では、跡取りであるお兄様に数多の期待が寄せられた。

けれど先に契約を交わしたのはお姉様で、お兄様は十歳を迎えても精霊と契約を交わすことができなかった。去るように王都の屋敷を離れて領地に向かわれたお兄様の気持ちが、少しだけわかった気がした。

「知性も感じられず所作もなっておりませんし、可愛い見た目しか取り柄はなさそうですわね」

少しマナーを間違っただけで、遠目から夫人たちにヒソヒソと陰口を言われ品定めをされる。

どうしたらお姉様に勝てるのか考えて悩んでいた時、当時のお姉様の婚約者だったセドリック様に声をかけられた。

「何か悩みごと？　僕でよければ相談に乗るよ」

セドリック様に、私は悩みを打ち明けた。

いつも姉と比較されるのがつらいこと。

姉を基準として見る父に、もっと頑張りなさいと言われること。

全てを話し終わったあと、セドリック様は私にこう言ってくれた。

「比べる必要なんてないと思うよ。ヴィオラにはヴィオラの、マリエッタにはマリエッタにしかない魅力があるんだから。僕は君のそういう素直なところに好感が持てるし、追い付きたくて頑張ろうとする姿勢を尊敬するよ」

彼の言葉がすとんと胸に落ちて、私の心を温めてくれた。

なんて素敵な人なんだと思った。それと同時に、私の中からどす黒い感情がわいてくるのを感じた。彼とずっと一緒にいたい。彼を私の婚約者にしたいと。

それからセドリック様の好みを徹底的に調べ上げ、私は彼の理想の女の子に近付けるよう頑張った。その結果……。

「マリエッタ、いけないことだとはわかってるんだ。けれど僕は、君のことが好きになってしまったみたいなんだ」

彼を手に入れることができた。初めてお姉様に勝てたことが、私は嬉しくて仕方なかった。

セドリック様と手を繋いでお姉様のもとへ真実を伝えに行った時の、あの動揺されたお顔を見て、ゾクゾクした。

まさか自分より劣っている妹に婚約者をとられるなんて微塵も思ってなかったことだろう。

間抜けな表情で固まるお姉様がおかしくて仕方なかった。

社交場では腫れ物みたいに扱われるようになったかわいそうなお姉様。

けれど数年も経てば、美人で優秀なお姉様にはすぐに新たな縁談がきた。

面白くなかった。お姉様の新たな婚約者は、セドリック様よりも身分の高い方だった。

なんだか負けたような気分になった。

それに最近はセドリック様の束縛の強さにうんざりしていた。

ネチネチと言われる小言も鬱陶しくて、最初に感じたトキメキは消えてしまっていた。

彼の好みに合わせすぎた代償だろうか、ドレスや髪型を変えるとひどく不機嫌になられる。

「そんな姿、僕の可愛いマリエッタには似合わない！」

突然遊びに来られたセドリック様を出迎えた時、開口一番にそう言われて髪の毛を掴まれた。

「だらしない。髪だってきちんと結んでおかないと駄目じゃないか！」

「結んできます！　だから離してください！」

セドリック様を庭園のガゼボに案内させて、私は一旦身支度を整えに戻った。

彼好みの白とピンクを基調としたフリルドレスに、髪型は高い位置でのツインテール。

毛先をくるくると左右対称に巻いて、大きめのリボンの髪飾りをつけてもらう。

ショーケースの中で売られている着飾ったお人形のような姿が、彼の好みだった。

「それでこそ、僕の可愛いマリエッタだね」

着替えて戻ると、セドリック様はうっとりとした眼差しでこちらをご覧になっている。

笑顔を作りお礼を述べながらも、気持ち悪くて背中にはぞわっと悪寒が走った。

それでも我慢して彼の機嫌を取りつつ、私はセドリック様とティータイムを共にした。

早く帰ってほしいという私の願いとは裏腹に、「少し散歩でもしようか」と提案されて心底うんざりする。仕方なく庭園を散歩していると、彼はさらに信じられない言葉を口にした。

「マリエッタ、次の式典もそのドレスで来てくれる？」

逆らったらまた怒鳴られる。でもそれだけは譲れなくて、私は意を決して思いを伝えた。

「ごめんなさい。式典では新しく仕立ててもらった、水色のドレスを着る予定です」

私の理想を絵に描いてデザイナーに渡し、やっと完成した特別なドレス。

着るのをとても楽しみにしてたのに、邪魔されたくなかった。

私の言葉を聞いて、途端にセドリック様の目付きが鋭くなった。

ジリジリと距離を詰めてくるセドリック様が怖くて後退《あとずさ》ると、建物の外壁にぶつかった。

突然両手を壁に押し付けられて、「君は僕のものだ。僕より優先することなんてないだろう？」

と閉じ込められる。

じっとこちらを見つめる彼の目に映るのは、理想に合わせすぎた私の虚像だけだった。

「私はものじゃない、です」

「君は僕の可愛い人形じゃないか」

寒気がして、「離して」と必死に抵抗した。

けれど力で敵《かな》うわけがなくて、虚ろな目をして顔を近付けてくるセドリック様に恐怖を感じて目を閉じた。

「時と場所をわきまえなさい」

お姉様の声がして目を開けると、セドリック様は涙目で頭を押さえていた。

「……っ！　な、何をする！　ヴィ、ヴィオラ？」

非難がましく後ろを振り返ったセドリック様は、お姉様を見て驚きを露にされていた。

どうやらお姉様は手に持つじょうろで、彼の頭を叩いたらしい。

「白昼堂々と何してるのよ。セドリック、頭に血が上っているようだから、水でもかけてあげましょうか？」

怯むことなくセドリック様に立ち向かうお姉様が、まるで英雄のように見えた。

「君には関係ないだろう！」

「お姉様、助けてください！」

怒鳴るセドリック様から逃げて、私はお姉様に助けを求めた。

「妹が助けを求めているわ。これでも関係ないって、言えるかしら？」

炎帝と敬われるお父様譲りの凛々しいお顔立ちをしたお姉様はとてもかっこよくて、迫力が違う。最大限に睨みを利かせ不敵に笑うお姉様に、セドリック様は若干へっぴり腰になられている。

「ま、マリエッタは僕の婚約者だ。少しくらい……」

お姉様はじょうろを両手で持つと、セドリック様の頭の上で真っ逆さまにひっくり返した。

バシャーンと勢いよく頭から水を被ったセドリック様は、一瞬何が起こったのかわからず放心状態のように見えた。

「同意なく、相手の身体に触れることなかれ。触れてもいいのは結婚してからよ。そんな幼い頃から教わる常識を、ガルーダ伯爵家では教えてないのかしら？」

「くっ……」

パンパンと手を二回叩いて、お姉様は執事を呼んだ。

「お客様のお帰りよ。ご案内してさしあげて」

「かしこまりました、ヴィオラお嬢様」

執事は言いつけどおり、セドリック様を出口へ誘った。

「待ってくれ！　違う、僕は……！　マリエッタ、どうか話を！」

こちらに手を伸ばしてくるセドリック様が怖くて、お姉様に必死にしがみ付いていた。

そんな彼から隠すように、お姉様は私を守ってくれた。

「もう大丈夫よ」

優しく微笑んで、お姉様は何があったのか聞いてくれた。

私はセドリック様に束縛され、自由を奪われていたことを訴えた。

話しているうちに涙がこぼれてきて、話を聞いたお姉様は、「つらかったわね」と私を抱き締め頭を優しく撫でてくれた。

その後お姉様がお父様に口添えしてくれて、セドリック様との婚約は無事に解消された。

それからしばらく、お姉様は私のことを心配してよく気にかけてくださった。

一緒に庭園でお茶を飲んだり、街に出てショッピングをしたりと幼い頃に戻ったみたいに共に過ごせて楽しかった。けれど……そんな幸せな時間は唐突に終わりを告げた。

「こんな所で会うとは奇遇だな、ヴィオラ」

「あら、レイザー。貴方も買い物？」

宝飾店で偶然お姉様の新たな婚約者、フランネル侯爵子息のレイザー様と会った。

「妹の誕生日が近くてな。こうして荷物持ちに駆り出されたってわけ」

「ふふ、いいお兄ちゃんしてるじゃない」

楽しそうに談笑するお姉様を見て、キリキリと胸が痛んだ。

どうして、他の人を見てるの……今は私だけのお姉様じゃないの？

そうか、この男のせいだ。

だったらこの男を奪って、お姉様がこちらを見てくださるようにすればいいんだわ！

私はレイザー様の好みを徹底的に調べ上げ、少しずつ仲良くなって、再び手に入れた。

さぁ、お姉様。あの顔でまた私を見て。私をゾクゾクさせて。

けれど二回目は、あまり驚かれなかった。

「わかったわ、幸せになりなさい」と私の頭を撫でて、お姉様は温室に戻っていかれた。

まるで興味がないと言わんばかりに、お姉様の瞳に私は映っていなかった。

失望されたんだと、そこで初めて気付いた。

なんでこんな馬鹿なことをしたんだろうと後悔しても時すでに遅し。

それからお姉様はより一層温室に閉じ籠るようになられて、あまり外に出て来られなくなった。

会話を交わすことも減り、すきま風が吹くような寂しさだけが心に残った。

その上レイザー様は女遊びが激しい方で、私以外にもたくさんの恋人がいた。

嫉妬深い恋人の一人が私に害をなそうとしたことで、彼の悪癖が露見してお父様は激怒。結局婚約は再び解消された。


十五歳になって通い始めた王立アカデミーは、私にとってつまらない空間だった。

「気を付けたほうがいいわよ。マリエッタ様に婚約者を紹介すると、奪われてしまうから」

「なんでも実の姉であるヴィオラ様の婚約者を、二回も奪ったんですってね」

遠巻きに見ては、ヒソヒソと陰口を叩かれるのが日常茶飯事。

事実だから否定はしないけど、面白くはない。

面と向かっては言えないくせに、集まればああやって悪口ばかり。

女ってなんであんなに陰険なのかしら。逆に男は――。

「誘えば色々やらせてくれるっていうのは本当か？」

「やめとけ、下手に手を出すと炎帝が黙っていないぞ。レイザーがどうなったか知らないのか？命が惜しいなら、ヒルシュタイン公爵家の令嬢には近寄らないのが正解だ」

気持ちの悪い視線を送っては、お父様に怯えてあることないこと適当に言うばかり。

お姉様と比べられることが昔は嫌で仕方なかったけれど今は、姉妹揃って腫れ物状態。

お揃いになれたことが少しだけ嬉しかった。

けれどそれは私の勘違いだった。

お姉様は相変わらず植物に構ってばかりで、学園でも花壇の世話をよくされていた。

そんな姿をよく校舎から見ていて気付いた。ひとりぼっちなのは結局、私だけなんだと。

お姉様は入学して早々に園芸部なるものを立ち上げたらしく、田舎領地出身の芋くさい部員たちと楽しそうに毎日土いじりをされていたのだ。

汚い土を触って、何がそんなに楽しいのかしら……私には理解できなかった。


王立アカデミーに入学して一年が経った頃、私は運命の出会いを果たす。

イライラしながら歩いていたら、あやまって階段から足を踏み外してしまった。

落ちると思った瞬間、たくましい腕が後ろから伸びてきて私の身体を抱きとめてくれた。

「怪我はないか？」

咄嗟につむった目を開けると、王都では珍しい銀色の髪をした整った顔立ちの男性が、心配そうに私の顔を覗き込んでいた。

「は、はい！　あの、ありがとうございます！」

「無事でよかった」

男性は安堵のため息をもらしたあと、「すまない！」とはっとした様子で慌てて手を離した。

「そ、それじゃあ！」

恥ずかしそうに頬を上気させ、爽やかな笑顔を残して去っていかれた。

彼のそんな笑顔を見た瞬間、まるで心を矢で射抜かれたように、その場から動けなくなった。

激しい動悸がして胸が苦しい。

それが私とリシャール様の出会いだった。ログワーツ伯爵子息のリシャール様は、二年生の始めに別のクラスに転校してこられた方だった。

学園に来られて日が浅いにもかかわらず、リシャール様は私と違っていつも友人に囲まれて楽しそうに笑っておられた。

遠目からその笑顔を見れるだけで、幸せだった。嫌なことも全部忘れられた。

騎士部に所属されていたリシャール様の鍛練される姿を見たくて、私は自然に近付けるボランティア部に入部した。

ボランティア部は主に、学園内の各部活動のサポートや困り事を支援する活動を行っている。だからサポートという名目で、自然と騎士部に顔を出すことができた。

騎士部にばかり支援に行ってズルいと他の部員から反論が上がっていたけれど、ヒルシュタイン公爵家の私に直接苦言を呈《てい》することができる者はおらず、お父様の権力でねじ伏せた。

「リシャール様、鍛練お疲れ様です」

腫れ物扱いされているヒルシュタイン公爵家の令嬢とバレるのが嫌で、騎士部に顔を出す時は部活動用の運動着に着替え、目立たない地味な髪型に変えていた。

「やぁ、マリエッタ嬢。いつも助かるよ」

私のお渡ししたタオルで汗を拭うリシャール様は、とてもかっこよかった。

「疲労回復効果のあるデザートをお持ちしました。よかったらこちらも部員の皆様とご一緒に召し上がってください」

「嬉しいな、ありがとう」

こうして少しずつ私はリシャール様と仲良くなり、廊下ですれ違えば笑顔で挨拶をして、他愛のない会話を交わせるようになった。


そうしてさらに一年が経った頃。残酷な現実を前に、私は地の底へ突き落とされた。

休日、珍しくお姉様がガゼボでティータイムを取られていた。

テーブルには、見間違えるはずもない銀髪の男性の姿がある。

「マリエッタ、紹介するわ。私の婚約者のリシャールよ」

どうしてお姉様の隣に、リシャール様がいらっしゃるの？

「マリエッタ嬢、君がヴィオラの妹だったのか……？」

とても驚いた様子で、リシャール様が仰った。お姉様と私はそれぞれお父様とお母様に似ているから、並んでいても初見で姉妹とはまず思われない。

「あら、顔見知りだったの？」

「マリエッタ嬢はよく、騎士部のサポートをしてくれているんだ」

「そうだったのね、偉いわ！　マリエッタ」

これはきっと、罰だろう。

お姉様の婚約者を二度も奪った私にくだされた、神様のお仕置きなのだろう。

必死に笑顔を作って、「お姉様、リシャール様、ご婚約おめでとうございます」と声を絞り出すので精一杯だった。


それから私はボランティア部を辞めた。

リシャール様を追いかけることも、視界に入れることも。

廊下ですれ違いそうになっても隠れて避けるようになり、必死に忘れようとした。

これ以上、お姉様にご迷惑をかけるわけにはいかない。

それなのに、忘れることができなかった。

真剣に鍛錬に取り組まれる凛々しいお姿。

友人に囲まれて楽しそうで無邪気な笑顔。

私に気付くと優しく目元を緩め、話しかけてくださる心地のいい声。

階段から落ちそうになった時に支えてくださった、あのたくましい腕に抱かれた感覚。

目を閉じていても、全て脳裏に焼き付いて離れない。

「リシャール様……」

避けるように逃げてきた裏庭で、私は膝を抱え涙を堪《こら》えていた。

悲しくて、苦しくて、心が張り裂けそうになったとき、「やっと、見つけた」と息を切らした優しい声が頭上に降ってくる。

「すまない、俺……何か気に障ることでもしてしまったのだろうか？」

苦渋に満ちた顔でこちらを見つめるリシャール様の額には、汗が滲んでいた。

必死に私を捜してくれていたのが嬉しいと同時に、そんな彼を突き放さないといけない現実に、胸がぎゅっと苦しくなる。

「違います。リシャール様は、何も悪くありません。全て私が悪いんです。だからどうか、私にはもう……かかわらないでください！」

走って逃げようとしたら手を掴まれて、引き寄せられた。

「支援を乞う身で相手の指定など、おこがましくてできなかった。それでも……君がヒルシュタイン公爵令嬢だと知っていれば……っ！」

厚い胸板に閉じ込められ、呼吸が苦しい。

子どもの頃、セドリック様に壁に押し付けられて閉じ込められた時とは違う。

「公爵に頭を下げ、初めから君に婚約を申し込んでいた……好きだ、マリエッタ。俺は君が好きなんだ」

胸の奥が熱くなり、喜びに心が震えた。

「君は誰よりも早く来て、皆が気持ちよく活動できるように訓練所を掃除してくれていた。そんな優しくて懸命なところが好きだ」

私はただ、リシャール様が一回でも多く剣を振るう姿が見たかっただけ。

そんなに綺麗な動機じゃない。

「古くなった備品だって、仕分けして新しいものを補充してくれていた。そんな気配りができるところも好きだ」

壊れそうな備品を使ってリシャール様が怪我でもしたら大変だもの。それくらい、なんでもない。

「君が毎日笑顔でタオルを差し出してくれるのが、本当はとても嬉しかったんだ。俺を呼ぶ君の可憐な声もはにかんだ笑顔も、君の全てが愛おしくて堪らない。ヴィオラには申し訳ないが、俺はもうこの気持ちを抑えられそうにないんだ。マリエッタ、どうか俺と結婚してほしい」

私はきっと、この方と出会うために生まれてきたんだって思った。

「ヴィオラと公爵に許しがもらえるまで、何度でも頭を下げるし、いくらでも殴られる覚悟をしてきた。だから……共に歩んでくれないか？」

「私も、リシャール様のことをお慕いしております……！」

またお姉様に失望される。それでも私は、この方と共に歩んでいきたい……！

❖　❖　❖

寒い雪の中で、朧気《おぼろげ》に昔のことを思い出していた。この結婚は、私が自ら望んだこと。

このまま雪に埋もれて死んだとしても、私が望んだことなんだ……。

「マリエッタ！」

私を呼ぶ愛しい人の声。まるで初めて想いを告げあった時のようなたくましい腕に抱かれて、少しだけ意識がはっきりする。私はこの感覚を知っている。

こうして抱き締めてくださるのは……。

「リシャール、様」

「母さんが本当にすまない！　まさかこんな雪の日に、お祈りをさせていたなんて！」

「どうか、泣かないでください……」

涙が凍って、リシャール様の頬が冷たくなってしまう。

「帰ろう。もう二度と、こんなことさせない……！」

リシャール様は私を抱えて歩きだした。

けれど辺りは一面真っ白な雪景色。雪が吹雪いて方向さえわからない。

このままでは、リシャール様まで遭難してしまう。

私はポケットに手を伸ばす。できればこれだけは使いたくなかった。

お姉様が私にくれた最後の温もり。

あんなにひどいことをしたのに、それでも私の身を案じてくださった優しいお姉様がくれた大切なもの。わずかでも残っている限り、お姉様が私のことを見守ってくださる気がしていた。

お姉様との絆を感じることができた。

でも……どこまでも姉不孝な妹でごめんなさい。

残った温感スプレーを、私はリシャール様に吹き掛けた。やっぱり私は、この方が好きなの。

優しいお姉様なら、許してくださる……わよね。そのまま私は意識を手放した。


ぼんやりとした視界に映ったのは、心配そうにこちらをご覧になるリシャール様の姿だった。

「マリエッタ！　よかった、目を覚ましてくれて……！」

「ここは……」

「診療所だよ。三日も眠っていて、とても心配していたんだ」

私、助かったんだ。身体を動かそうとして足に痛みが走る。

「無理をしてはダメだ。足に凍傷を負っているから、治るまでここで安静にしていてほしい」

「でも祠にお祈りに行かないと……ログワーツ伯爵家の女性に与えられた大事な役割だと、お義母様が……」

「違う。本当は違うんだ……守るどころか巻き込んでしまって、本当にすまない！　全ては俺の詰めの甘さが招いたことだ……っ！」

私の言葉を聞いて悲痛な表情を浮かべたリシャール様は、そう言って頭を下げた。

「どうか顔をお上げください、リシャール様。私は貴方のそばにいたいから、ここまで来ました。何が違うのか、教えてくださいますか？」

「あの祠には、闇落ちした水の上級精霊、ウンディーネ様が封印されているんだ」

「封印？　それじゃあ、お義父様が一度も魔法を使われなかったのは……」

「使えなかったんだ。約十年前、父さんがウンディーネ様との契約を破ってしまったから」

十年くらい前から寒さが一段と厳しくなったと、アリサが言っていたのを思い出す。

その原因は全て、精霊との契約を破ったお義父様にあったのね。

「じゃあ、私がやっていたことは……」

ルビア酒を祠の周囲に回しかけると、地鳴りのような音が聞こえた。

思い返すとそれは、悲鳴だったのではないかと思える。もしルビア酒がウンディーネ様の好物ではなかったとしたら……と考えて、激しい悪寒を感じた。

相手の苦手とするものを囲うように置く――それは本来、悪しき者を寄せ付けないための魔除け対策だ。裏を返せば相手の周囲に置けば、逃げられないよう閉じ込める措置にもなる。

「封印が解けないように、母さんが君を騙してやらせていたんだ」

ああ、やっぱりか。リシャール様の言葉がストンと腑に落ちた。

「どうして神官様をお呼びにならないのですか？　正気を失った精霊は、浄化してもらえば元の姿に戻るはずです！」

「俺も何度も訴えた。隠し続けるのには限界がある。もう無理だと。しかし父さんは認めなかった。罪を暴かれたくないと……」

精霊と交わした契約の違反は、信用を失い社会的に大きな傷となる。

「つまり私はお義父様の見栄のために、あの祠へウンディーネ様を痛めつけに……？」

「本当に、すまない……」

欲しかったのは、そんな謝罪の言葉じゃない。

思わずあふれてきた涙を拭い、私はキッとリシャール様を睨み付けた。

「どうして、最初に仰ってくださらなかったのですか？　私がよそから来た人間だからですか？　信用できなかったからですか？」

「真実を告げて、君を巻き込みたくなかった。何も知らなければマリエッタ、俺が失敗してこの罪が公のものになったとしても、君だけは守れると思ったから……」

私にはその言葉が、とても悲しかった。

この辺境の地で、リシャール様だけは私の味方なんだと思っていた。

けれど実際は、どんなに頑張っても余計な足枷でしかなかったんだと思い知らされた。

私にもっと力があれば。お姉様のように、精霊と契約できていれば……！

少なくとも、自分の身くらいは守れただろう。リシャール様に守ってもらわなければならないほど、弱い存在じゃなくて済んだだろう。その秘密を、最初に打ち明けてくださっただろう。

「貴方の隣に相応しい人に、なりたかったのに……結局私は貴方にとって、ただのお荷物にすぎなかったのですね……」

「違う、そうじゃない！　君がそばにいてくれれば、この地を共に良くしていけると思った。だが実際は君に不便を強いて、守るどころか傷付けてばかりだった。今まで苦労をかけて、本当にすまなかった。マリエッタ、君と過ごせた時間は俺にとってかけがえのない宝物だった」

「過去形に、しないでください……っ！」

私の言葉に、リシャール様は一瞬悲しそうに顔を歪めた。

「足の怪我は一週間もすれば良くなるだろう。先生には話を付けてあるし、ここでの生活の心配はない。裏手にはソリとホワイトウルフを準備している。家族同然に育ってきた信頼できる者たちだ、マリエッタをきっと守って逃がしてくれるだろう」

誤魔化すようにリシャール様は早口でそう言って、私と目を合わせようとしない。

「何を仰っているのですか……」

まるで私を遠ざけようとしているかのように感じられて、心が軋む。

「あの事件以降、ウンディーネ様の呪詛を受けた父さんは人が変わってしまった。優しかった母さんも、次第におかしくなってしまった。呪詛は祓わない限り、末代まで受け継がれる。俺は正気を保っていられるうちに封印を解いて、ウンディーネ様に誠心誠意謝罪するつもりだ」

「理性を失われている精霊にそんなことをしたら、リシャール様は……」

「ウンディーネ様の好きな供物を、秘密裏にこれまで集めてきた。心配するな、きっと大丈夫だ」

今さらそんなもので、暴走した精霊を静められるとは思えない。

それは私を安心させるための、ただの気休めだとわかった。

「馬鹿な真似はおやめください！　今からでも神殿に連絡を……」

言葉を遮るように、リシャール様は私の身体を抱き締めた。

「君と共に歩んでいきたい。俺が愚かな夢を見てしまったばかりに、深く傷付けてしまった。本当にすまない。これ以上、愚かなログワーツ伯爵家の血を後世に残すことを、許してはくださらないだろう」

耳に届くリシャール様の全てを悟ったような声が、私の中の不安を掻き立てる。

「リシャール、様……？」

「昨日父さんが雪崩《なだれ》に巻き込まれて、行方不明になった。すまない、マリエッタ。時間がないんだ……」

お義父様がもし亡くなってしまったら、ウンディーネ様の呪詛はリシャール様へ受け継がれる。

意識を正常に保っていられる時間が、わずかしかないのだろう。

「もう、手段を選んでいられる暇がないのですね……っ！」

頷く代わりに、リシャール様は私の身体をさらにきつく抱き締めた。

「どうか強く生きてくれ。最後まで共にいられなくて、本当にすまない。君のことを心から愛していた」

そして今、私に最後の別れを言いに来られていたのだと……気付かされた。

「待ってください、リシャール様！」

私の呼び掛けに、彼は振り返ってはくれなかった。

動かそうとして足に走る激痛が、非情にもこれが現実なのだと教えてくれた。

どうしていつもこうなのだろう。

本当に欲しいと望んだものは、いつも手からこぼれ落ちる。

空っぽになった両手には、結局何も残っていない。

「気を確かにお持ちください、マリエッタ様。貴女の怪我は私が治療し、必ずや外へ逃がしてさしあげます」

食事を持ってきてくれた先生が、心配そうに声をかけてくる。

「先生、私をリシャール様の所へ連れていってください……っ！　お願いします！」

「それはなりません。私は貴女を無事に逃がすよう託されました。リシャール様の願いを無下にはできません」

トレイを一旦サイドテーブルに置いた先生は、食べやすいようベッドにテーブル台を設置して食事を置いてくれた。

温かなスープにパンをふやかした粥からは、ほやほやと白い湯気が出ている。

「どうぞお召し上がりください。今はどうか、怪我を治すことに専念されてください」

あとで包帯を替えに来ますと言い残して、先生は部屋から出ていかれた。

このまま泣いていても仕方ない。動けるようにならないことにはどうにもならない。

スプーンを手にして、一口頬張る。正直美味しくはない。でも贅沢なんて言っていられない。

薄味なそのパン粥を、無理やり喉に流し込んだ。一刻でも早くリシャール様を追いかけたい。

そのために今私ができるのは、怪我を治して動けるようになることだと信じて。


「包帯の交換に来ました」

「はい、お願いします」

しばらくして足の包帯を先生が巻き直してくれていた時、突然外から耳を塞ぎたくなるような音が聞こえた。

「キェェエエエ！」

まるで悲しみと怒りを凝縮させたような魂の慟哭《どうこく》。ぞくりと背中に悪寒が走る。

まさかリシャール様がウンディーネ様の封印を……？

その時、包帯を巻いていた先生の動きがピタリと止まった。

「先生……？」

顔を上げた先生は虚ろな瞳でこう言った。

「マリエッタ様。貴女は今日からログワーツ伯爵夫人。この地を治める伯爵様を補佐するお立場です。早く怪我を治してお戻りにならないといけませんね」

さっきとは真逆のことを言う先生に、違和感を覚える。

「あの、さっきは逃がしてくださると仰ってませんでしたか？」

「伯爵夫人ともあろうお方が、この地を離れるなど言語道断です！　私が責任をもって怪我を治療し、帰してさしあげます」

まるで人が変わったかのように、先生はそう言いきった。包帯を巻き終えた先生は、「安静にしていてください」と言い残して、そのまま部屋を出ていかれた。

一体、何が起こったの？　リシャール様……どうかご無事でいてください。

あれから一週間が経って凍傷も治り、歩けるようになった。

「それでは、伯爵邸へお送りします」

「先生、リシャール様はご無事ですか？」

「ええ、伯爵様は屋敷でお待ちですよ」

リシャール様が無事なことにほっと胸を撫で下ろす。

あの変な叫び声のあとから先生の様子がおかしかったけど、気のせいだったのかしら。私の願いを聞いて、きっと屋敷に送ってくださるのよね。

はやる気持ちを抑えて、私はソリに乗り込んだ。

ホワイトウルフの引くソリを先生が操り、伯爵邸まで送ってくれた。

――ガシャン
門扉を閉める音がやけに響いて聞こえた。

おかしいわね。いつもこの時間は作業場から加工作業の音が外まで聞こえているのに。

閑散とした屋敷は、まるで誰もいないかのように静まり返っていた。

お義母様にバレないよう慎重にドアを開けて屋敷の中へ入る。

明かり一つついてない室内はカーテンも閉まったままで、薄暗く感じた。

「おかえり、マリエッタ」

背後から声をかけられ、驚きで大きく肩が震えた。

振り返ると、そこにはリシャール様が立っていた。

「リシャール様！　よかった、ご無事だったのですね！」

嬉しさのあまり飛び付くと、リシャール様はなんなく私を受け止めて抱き締めてくれた。

「駄目じゃないか。伯爵夫人ともあろう君が、怪我をして家を空けるなんて」

優しく頭を撫でながら耳元で囁くように放たれた冷たい声に、違和感を覚える。

「リシャール、様……？」

「君はもう伯爵夫人になった。俺と一緒に、この地を戻さなければならないんだ。あの頃のように……」

伯爵夫人？　この地を戻す？　リシャール様は何を仰っているの？

「あの、お義父様は……」

雪崩に巻き込まれたと仰っていたけどやはり……。

「ああ、裏切者には天罰がくだったよ。両親は鬼籍に入ったんだ」

「え……お義母様まで？」

笑いながら事実を語るリシャール様の姿に、底知れぬ恐怖を感じた。

何かがおかしい。距離を取ろうとしたら、手首を掴まれた。

「さぁ、行くよ。きちんと挨拶しておかないと」

どこに連れていかれるのだろう。屋敷の外に出て、裏庭から山へと入る。

この先にあるのは、ウンディーネ様を封印してある祠。

天気はいいのに、進めば進むほどなぜか空が薄暗くなっていく。

地面には雪が積もり寒いはずなのに、禍々しくよどんだ生ぬるい風が頬を掠め気持ち悪い。

「あの、リシャール様……ウンディーネ様への謝罪は……」

「ウンディーネ様は寛大でね、許してくださったんだ」

とてもこの先におられる方が、許してくださっているとは思えない。

横目でリシャール様を見ると、なぜか嬉しそうに口元を緩ませておられた。

「ほ、本当に許してくださっているのでしょうか……？」

「君はウンディーネ様のことが、信じられないのか？」

掴まれた手首に力が込められ痛みを感じ「い、いえ！」と慌てて否定した。

するとリシャール様は力を緩めてくれたけど、本来の彼はこのように乱暴なことをされる方じゃなかった。

「ウンディーネ様は昔から、この地に住む人々を水害や雪害から守ってくれた。だから罪を犯した愚かなログワーツ伯爵家の人間は、誠心誠意報いなければならないんだ」

焦燥感に駆られるようにリシャール様から笑顔が消え、進む足の速度が上がる。

まるで祠のもとへ吸い寄せられていくかのように感じられた。

間違いない。きっとリシャール様はもうすでに、ウンディーネ様の呪詛の影響を受けておられるのだと悟った。

「あの！　お義父様は、何をなされたのですか？」

私は少しでもリシャール様の気を祠から逸らしたくて、質問を投げかけた。

「領地を改革するためだと嘘をついて、稀少動物を不当に売却していたんだ」

自然の摂理を損ねる行いを、精霊は嫌っている。

ウンディーネ様はそれでお怒りになっているのね……。

「幸運を招くと言い伝えられているホワイトラビットは、ログワーツの雪山にしか生息していない稀少な存在。彼等は雪山の中でしか生きられない。それを父さんと母さんは……っ！」

怒りを露にしながら激しく頭を掻きむしるリシャール様を、私は慌てて止めた。

「どうかおやめください！」

しかし手を振り払われ、雪の地面に倒れてしまった。

「…………っ！　すまない、マリエッタ！　怪我はないか？」

はっとした様子でリシャール様が私に駆け寄り、体勢を起こしてくださった。

心配そうにこちらをご覧になるリシャール様は、いつものリシャール様のように見えた。

完全に取り込まれているわけじゃないのね。

だったら――リシャール様の手を両手で握りしめて、私は思いを伝えた。

「リシャール様、どうか貴方の苦しみを私にも分けてください。私は貴方と共に生きたいんです」

「マリエッタ……はっ、なぜここにいるんだ？　君は早くここを離れるんだ！」

「離れません！　私は貴方の妻です。貴方を独り置いていきません！」

「だがここは危険なんだ。ウンディーネ様の呪詛が瘴気となり、領地全体を蝕んで……ここにいては君まで……っ！」

苦しそうに額を手で押さえて俯いたリシャール様を、私は必死に抱き締めた。

どうか呪詛に負けないで。

お姉様ならきっと、私の送った手紙のメッセージに気付いてくださるはずだ。

異常に気付けば神殿にも、きっと連絡をしてくださるだろう。だったら今やることは一つ。

「今度は私が、リシャール様を守ります！」

第四章　ログワーツの異変

マリエッタからの手紙が届いた三日後、いよいよログワーツ領の視察に同行させてもらう日を迎えた。喜んでくれた美容品のお土産も鞄に詰めたし、旅支度もばっちりだ。

身支度もそろそろ終わるだろうと鏡に映る自身の姿を眺めていたら、「完成しました！」とミリアが嬉しそうに報告してくれた。

「ありがとう、ミリア」

「ヴィオラお嬢様、まるで百戦錬磨の騎士様のようにかっこいいです！」

白地に金の刺繍が施された騎士服に、黒のロングブーツを履き、邪魔にならないよう長い髪は結い上げられている。上から黒い外套を羽織れば本当に女騎士のようだ。

自然と背筋が伸びて身が引き締まる思いがした。

「大袈裟ね、見た目だけよ」

そもそも帯剣してないからね。アレクの視察についてログワーツに行くと言ったら、動きやすく安全性に優れているからとお父様が用意してくださった女性用騎士服。

特別な魔法糸で作られたこの騎士服は、耐火性、耐水性などあらゆる耐久面に優れているらしい。その上から防寒に優れた外套を羽織れば、ログワーツ領の寒さにも耐えられるそうだ。

正直今は外套まで羽織ると暑いわね……でも荷物が増えるから我慢しよう。

外套の内ポケットが便利で色々詰めちゃったし。

寒いのは嫌だから温感スプレーも量産して、念のために傷薬なんかも忍ばせている。

それに今回の視察は陸路ではなくて、空路を飛んで行くことになるだろう。

上空は風を受けて寒いだろうし、ちょうどいいはず。

「ミリア、リーフのこと頼んだわね」

「はい、お任せください！」

リーフが目覚めた時に驚かないように、手紙を書いておいた。

彼が眠るクッションを敷いたバスケットに添え、優しく頭を撫でる。

「行ってくるね、リーフ。ウンディーネ様を見つけて、貴方の大切な記憶をいただいてくるわ」

【愛】の記憶を継承すれば、自分はたくさんの人々に愛されて必要とされていたんだってきっと自信が付くだろう。

世界樹は昔から神木として大事に奉られてきた。

今は跡地ってなってるけど、毎年色んな人が訪れては祈りを捧げている。自然を司る大精霊ユグドラシル様の核となる存在だというのは、子どもでも知っている有名な話だしね。

それに世界樹の大部分が炎上してしまってからというもの、多くの人々がなんとか再生させようと研究し尽力しているって、歴史の授業で習った。

皆がこの子を、自然を司る大精霊ユグドラシル様の復活を待ち望んでいる。

全ての記憶を継承したら、今までのようにそばにいることは難しくなるかもしれない。

大精霊様を人間との契約などに縛っておくわけにはいかないだろうし。

そうなると寂しくなるわね……感傷に浸っていると、外からノックの音が聞こえた。

「お嬢様、アレクシス殿下がお越しになりました」

「わかった、今行くわ」と呼びに来た執事に返事をする。

「ヴィオラお嬢様。どうかお気を付けて、いってらっしゃいませ」

不安そうに瞳を揺らすミリアに、「ええ、行ってくるわ」と明るく声をかけて、私は部屋を出た。

執事が荷物を運んでくれて、共にエントランスを抜けて外に出ると、「キュキュ！」っと元気に鳴く精霊獣の声が耳に飛び込んでくる。

「おはよう、アレク。迎えに来てくれてありがとう」

こちらに気付いたアレクは「おはよう、ヴィオ」と笑顔で挨拶を返してくれた。それくらいどうってこと……と言いかけた彼は、なぜか大きく目を見開き固まっている。

「私の顔、何か付いてる？」

「いや、さすがは炎帝のご息女。騎士服もよく似合うなって見惚れてただけだよ」

今のヴィオ、かっこいい！　と褒められ、照れくさくて顔が火照りだす。

「う、動きやすくて安全性も高いからって、お父様が準備してくださったのよ！　だってほら、空から行くんでしょ？」

アレクの隣に視線を移して、私はわざと話題を逸らした。

ふさふさの尻尾をフリフリしながら、「キュキュルー」と鳴いている精霊獣。艶のある橙色の毛並みをなびかせる獅子のように荘厳な見た目と違って、随分と可愛い声で鳴いている。きっとこの子がアレクと契約している精霊獣、ラオなのね。

「うん。ログワーツは遠いし、雪が積もってて途中で馬車は使えなくなるからね」

お父様が精霊獣に乗って空を飛ぶ姿を見て、密かに憧れていたのよね。

精霊獣の扱いは、意志疎通を図るのに高度な魔力操作が要求される。普通は王国騎士の中でも、訓練を積んだ一部の精霊騎士と呼ばれるエリートにしか乗れないもの。

アレクみたいに子どもの頃に野生の精霊獣と仲良くなって契約したのは、かなり珍しいパターンなのよね。

「キュキュ」っと可愛い声を出しながら、ラオがスリスリとアレクに頭を押し付ける。

そんなラオをよしよしと撫でながら、「ははっ、くすぐったいよ。ラオ」とアレクが笑い声をもらす。

もふもふのたてがみが気持ちよさそうね。頭を撫でられて嬉しそうに目を細める姿は、まるで大きな猫みたいだわ。

お父様の精霊獣グリフォンは、厳格に命令をきいて規律を守り大人しく待機してる。

誘惑しても決してなびかないのよね。

それは他の精霊騎士たちの精霊獣も一緒で、ラオ以外の精霊獣は微動だにせず待機している。類は友を呼ぶってやつかしら。

「精霊獣がそんなに甘えている姿、初めて見たわ」

「ラオは僕の相棒だからね。お忍びで出かける時にもよく……いや、なんでもない！」

「なるほど、ラオに乗って城を抜け出していたのね」

「いやーそんなことは……」と目を泳がせたアレクは、「ニール、ヴィオの荷物は積んでくれたかい？　本当に便利だよねこの収納用魔道具。従来のものより性能が格段に上がったしね！」と誤魔化すように物資管理を担当している精霊騎士に声をかけた。

任務以外での精霊獣の私用は禁止されているってお父様が仰っていたけど、追求したらもっと色々ボロが出てくるんでしょうね。昔からアレクは抜け道を探すのが上手だったし。

「はい、準備はできております」

「だってよヴィオ！　そろそろ行こうか！」

「……そうね、行きましょう」

「ラオ、乗りやすいように少しかがんでくれるかい？」

アレクの言葉を聞いて「キュ！」と返事をするように鳴いたラオは、伏せの体勢をとった。

「おいで、ヴィオ。鐙《あぶみ》に足を掛けて上に乗れるかい？」

「やってみるわ」

アレクが手を貸してくれて、補助されながらなんとかラオの背中にまたがった。

ふわふわで絹のようになめらかなたてがみが、気持ちよすぎる！

触り心地抜群のたてがみを堪能していると、アレクが後ろに乗ってきた。手綱を握る彼の両腕に閉じ込められ、まるで抱擁されているかのようだ。

「それじゃ行こうか。しっかり掴まっててね」

耳元で囁かれた声に驚き、思わず心臓が跳ねる。い、色んなものが近い！

なんとか平静を装いながら「ええ、わかったわ」と返事をして手綱を握る手に力を込める。

アレクが精霊騎士たちに合図を出して、いざ空の旅へ出発だ。

最初に聞こえたのは、力強く翼をはためかせて風を切る音。重力に逆らい浮く身体に驚いた私は、「ひっ！」と短い悲鳴をもらしながら思わず目を閉じた。

「大丈夫。ゆっくり深呼吸して」

アレクが咄嗟に後ろから私の腹部に片手を回して、優しく声をかけてくれた。

恥ずかしさはいつの間にか安心へと変わり、言われたとおりに深呼吸すること数回。

揺れが収まってゆっくり目を開けると、視界には美しい街並みが広がっていた。

「わぁ……とても綺麗ね！」

「そっか、空を飛ぶの初めてだっけ？」

「精霊騎士にならないと、この絶景は拝めないじゃない」

「ジークフリード団長が乗せてくれたりとかは？」

「規律に厳しいお父様が、私用でするとと思う？」

「あー確かにしなさそう。そっか、それなら初めてなんだね！」

なんとなく、声色だけでアレクが喜んでるのがわかった。

「どうして嬉しそうなの？」

そう尋ねながら、私は視界にとある男性を捉えてしまった。あ、あの方は！

「だって、ヴィオの初めてをもらったのが嬉し……」

「誤解！　誤解を招きそうな言葉は慎んで！」

一緒に来ている精霊騎士の中に、お父様の右腕がいる！　忠実な部下のリカルド卿がいる！

騎士としての腕前はお父様が認めるほど確かな方だけど、寡黙であまり喋っている姿を見たことがない。影の薄さに反して、筆を持たせた途端にその右手は真価を発揮する。

口にされない分、紙にしたためられる思いの強さよ。

お父様がお疲れ気味に書斎で報告書を読んでおられる時、大抵はリカルド卿からのぎっちりと詳細の書かれた報告書なのよ！

今回の視察の詳細は間違いなく、お父様に筒抜けだと思ったほうがいいわね。

まぁリカルド卿を視察の同行メンバーに選んでいただいたってことはそれだけ、お父様もマリエッタのことを心配されているのだろう。気を引き締めて、ログワーツ領へと向かった。


途中で精霊獣たちを休ませつつ、食事休憩を挟みながら進むこと半日。

昼過ぎにはログワーツ領の白い雪の大地が見えてきた。

「空から行くと一日もかからないのね」

「大きな山も川も無視して、最短コースで向かえるからね。ヴィオ、寒くない？」

防寒機能に優れた騎士御用達の外套のおかげで、そこまで寒さは感じない。

「ええ、大丈夫よ」

むしろねっとりと纏わり付くような不気味な風が頬を掠める感覚に、悪寒がする。

ログワーツ領へ入ってから生じたこの違和感は一体なんなのかしら？

「ちぇ、残念」

「何が残念なの？」

「寒いなら僕が温めてあげようと思ったのに」

ギロリと視線を感じて横目で確認すると、こちらを観察しているリカルド卿の姿があった。

「暑い！　むしろ暑いくらいよ！　離れなさい、アレク！」

「今は無理だよ、落ちちゃうからね？」

お父様、絶対リカルド卿に別の任務与えてるでしょ！

あの舞踏会のあとから、どうも目を光らせて監視されているような気がするのよね。

万が一による四度目の婚約破談を事前に阻止すべく、神経を尖らせておられるのかしら？

それともアレクの信用度が、お父様には足りていないせいかしら？

お父様は貞操観念に厳しい。女性人気の高いアレクはその見た目と軽さのせいで、必要以上に疑われやすくはありそうね。そんなことを考えていたら、雪山の麓にある集落を囲むように、黒い結界のようなものが見えた。

「アレク、見て！」

「あれは……ジン、あれって結構ヤバいやつじゃ……」

『ウンディーネが内側で厄介な結界を張っておるな』

「壊せる？」

『吹き飛ばすことは可能だ。しかし無理に全てを壊せば中の者に危険がおよぶ可能性がある故、武力行使は控えたほうがよいだろう』

ジン様の言葉を聞いたアレクは、一旦地上に降りるよう皆に指示を出した。

『黒く淀んだ結界は、深い絶望と嘆きの証。おそらく、契約違反が起こったのであろう』

ログワーツ伯爵邸は、比較的平坦な雪山の麓にあるとリシャールは言っていた。

あの黒い結界で囲われた中に、危険な場所にマリエッタが……っ！

「ジン様、あの結界を安全に解く方法はございませんか？」

『今できる方法は一つ。結界の一部を破って侵入し、ウンディーネの悲しみを止めることだ』

「近くの神殿に頼んで、浄化できる神官様をお連れしたら……」

私の提案に、アレクは悲しそうに目を伏せた。

「上級精霊の暴走は、普通の神官には止められない。光の中級精霊と契約している大神官か兄上を呼んでこないと厳しいと思う。残念なことに二人は一昨日から、南部地方の祭事に向かわれているんだ。ここから精霊獣を飛ばしても、最低三日はかかるよ」

「三日もここで待つことしかできないなんて……その間にもマリエッタが！」

あの手紙が王都に届くまでの時差を考えると、悠長に構えている時間なんてない。

契約違反は、精霊にとって最大の禁忌事項だ。激しい怒りで我を忘れた精霊は、時に恐ろしい災害を引き起こす可能性だってある。新聞で読んだ悲惨な精霊暴走事故が脳裏によぎり、不安に押し潰されそうだった。

「大丈夫、ヴィオ。必ず僕がなんとかするよ」

私の頭を優しく撫でたあと、アレクは同行してきた分隊のメンバーに命令を出した。

「ケビン、ヨルジュ！　君たちはこれから南部の大都市シーサイドに向かって、至急兄上に援軍要請を」

「はっ、かしこまりました！」

精霊騎士のケビン様とヨルジュ様が声を合わせて敬礼したあと、急いで上空へ飛び去った。

「リカルド、君はヴィオを連れて安全な場所に避難し護衛を頼む。残ったメンバーは僕について、中へ突入する。援軍が到着するまで、なんとかウンディーネ様の暴走を抑え込むのが任務だ」

「はっ、かしこまりました！」

「待って、アレク！　私も行くわ！」

「駄目だ。危険な場所へは連れていけない。リーフが眠っている今、君には特別な精霊の加護がないに等しい状態なんだ。僕たちに任せて。必ず君の大切な妹は連れてくるよ」

アレクの言ってることは正しい。リーフの加護が弱まり、訓練も積んでいない私がいては、足手まといになる。わかってる、わかってるけど……っ！

マリエッタがわざわざ暗号でメッセージを送ってくるなんて、よほどのことなのよ。欲しいものは欲しいって、昔から素直にはっきりと言う子だった。

もしかするとログワーツに来て、普通に手紙を出すことさえ許されない環境に置かれていたんじゃないかって思ってしまうのよ。それに加えてウンディーネ様の暴走だなんて……っ！

「ヴィオラ様、ここにいては危険です。安全な場所まで退避します」

アレクの背中を見送りその場で立ち尽くす私に、リカルド卿が声をかけてくれた。

いやだ、このまま一人安全な所で待っているだけなんて……！

自分の無力さを痛感し、じわりと目の端に涙が滲む。それを乱暴に拭き取り、私は叫んだ。

「リーフ！　私には貴方が必要なの！　お願い、目を覚まして！　私に力を貸して……っ！　このままじゃ、マリエッタが……！」

その時、頭にリーフの声が響いてきた。

『泣かないで、ヴィオ。僕はいつだって、君の味方だよ』

私の呼び掛けに応じるように、目の前で光が集束して大きな人型となった。

中から姿を現したのは、神々しいオーラを放つ青年の姿をした精霊だった。

キラキラと輝く魔法衣を身に纏い、肩上まで伸びた白髪の両サイドには、若葉を思わせる新緑色の髪が交じっている。あどけなさを残した以前の少年の面影はあまりないけれど、私には彼が誰なのかすぐにわかった。

「リーフ……！」

「ヴィオ、僕を呼んでくれてありがとう。おかげで目覚めることができたよ。そして思い出した。僕がやるべき本来の【役割】をね」

「記憶の融合が終わったのね。目覚めてくれて、本当によかった……っ！」

「一緒に助けに行こう！　マリエッタは、ヴィオの大切な家族でしょ？」

「ありがとう、リーフ」

「それに本来の目的を忘れて暴走する精霊を静めるのは、僕の【役割】の一つだからね」

禍々しい黒い結界に視線を向けたリーフは、「ヴィオはそこで見てて」と言い残し、空を飛んで結界のほうへ向かう。

「この結界、僕が解くよ」

結界の一部を壊して侵入しようとするアレクたちに、リーフは上空から声をかけたあと、黒い結界に両手を添わせて語りかける。

「ウンディーネ、僕の断りなく勝手な行動は認めない。僕が君に命じた役割は、このように人々を縛り付け、苦しめるものじゃなかったはずだ」

ピキピキと黒い結界にヒビが入り、パラパラと砂塵のように砕けて消えた。

「今の見たか？　結界が一瞬で！　まさかあの御方は……」

「お若い印象を受けるが、どことなく大精霊様に似ていないか⁉」

「確かに、まるでユグドラシル様が若返ったかのようだ……！」

精霊騎士たちが驚きの声を上げる中、リーフは空を飛ぶと私の前に着地した。

その光景を見て、「あの御方はヴィオラ様が呼ばれたのか？」と精霊騎士たちからどよめきが起こる。

「ヴィオ、見てくれた？　僕ね、パワーアップしたんだよ！　すごいでしょ、ほめてほめて！」

威厳！　リーフ、もう少し威厳を！

精霊騎士たちが、リーフの外見と中身のギャップに混乱しておられるわ……それでも私は、見た目が変わっても性格が変わっていないことに、正直ほっとしていた。

「とてもすごいわ、リーフ」

「ふふっ、ありがとう！」

私はアレクのもとに足を進め、声をかけた。

「精霊の加護は手に入れた。アレク、私も同行させてくれるわよね？」

苦笑いを浮かべたアレクは、「本当にヴィオには敵わないな……」と残念そうに呟いた。

「駄目って言っても、無理やりついて来るんだよね？」

すがり付くようなアレクの視線が、本当は連れて行きたくないと訴えている。そうわかっていても、私もここだけは絶対に譲れない。もちろんと頷く私を見て、アレクは一瞬大きく瞳を揺らしたあと、真剣な面持ちで口を開いた。

「ヴィオ、僕は君を危険に巻き込みたくない」

「アレク、私はただ守られるだけなんて嫌よ」

お互いの視線がじっと交錯すること数秒、アレクが不意に口元を緩め微笑んだ。

「そうだね。君はとても強い女性だ。目を離すとすぐに見失ってしまうくらい、自分の足で前に進んでいってしまう。そんな君の隣に相応しい存在になりたくて、僕はこれまで必死に頑張ってきたんだ」

慈しむようなその眼差しには深い愛情が見て取れて、不意にされた告白に心臓がバクバクと脈打つのを感じた。

「そ、それなら私だって！　民のために陰ながら努力する貴方を尊敬していたわ。頑張る貴方が少しは息抜きできるように、私の前でくらいはただのアレクとして普通に笑えるように、その背中を気兼ねなく預けてもらえる存在になりたかった」

私の言葉にアレクは頬を赤く染め、嬉しそうに目を細める。

「きっと今、これまでの成果を見せる時だよね。覚悟を決めたよ。一緒に行こう、ヴィオ」

差し出された手を力強く握りしめて、「もちろんよ、アレク」と笑顔で応えた。

それから精霊獣に乗って空から集落の様子を確認しつつ、ウンディーネ様の行方を捜した。

視界に入るのは一面に広がる雪景色。集落の周囲に自生する針葉樹の林には雪が積もり、山から平地へと流れる川までもが凍ってしまっている。

『川を凍らせてしまうほど、理性を失っているとは……』

「これは一刻も早くウンディーネ様を静めないと、領民たちの生活にも影響が出るね」

ぽつぽつと立ち並ぶ民家の庭には、動物の毛皮や解体された肉、魚などが吊るしてある。

天気がいいにもかかわらず、外にはまったく人の気配が感じられない。

広場に設置された遊具には雪が積もっているだけで、子どもの姿さえ見られなかった。

市場も機能していないようで、閑散とした商店街の屋台にはなんの商品も並んでいない。

確かにこの寒さじゃ、外に出るのも億劫よね。それがウンディーネ様の暴走の影響だとしたら、アレクの言うように領民はさぞ不便な生活を強いられていることになる。

マリエッタ……こんなに不便な生活の中で、文句の一つも言わずに耐えていたのね……。

「ヴーッ！」

その時、下方から低い獣の唸り声が聞こえた。それは民家の横に建てられた小屋の中から放たれたようで、鋭い眼光がこちらを突き刺す。

「ガウ！　ガウガウ！」

唸り声は次第に大きくなり、やがて吠える獣の鳴き声に変わった。

一匹が鳴きだすと他の獣までつられて鳴きだす。

そのせいで騒ぎを聞き付けた民家から領民が続々と出てきた。

「あれは……」とこちらを見上げていた領民が、「不法侵入者だ！」と叫んだ。

それを皮切りに「絶対に許すな！」と領民たちの怒声が飛び交い始める。

「アレク、これはまずいんじゃ……」

こちらにクロスボウを構える領民たちを見て、「ははっ、敵認定されちゃったね」とアレクは苦笑いをもらす。

「のんきに笑ってる場合じゃないわ！」

「ヴィオ、舌を噛んだら危険だ。口を閉じてしっかり掴まってて」

私の耳元でそう囁いたあと、アレクは分隊に指令を出した。

「高度を上げてこのまま山のほうへ。ログワーツ伯爵邸を目指すよ」

「はっ、かしこまりました！」

「ジン、皆に矢が当たらないよう援護して」

『承知した』と頷いたジン様は、皆を庇うように矢面に立つと、風魔法で広範囲の防御壁を作り、こちらに放たれた矢を見事に防いでくださった。

空を飛ぶ精霊獣は、王国騎士団に所属する精霊騎士の象徴。

それはレクナード王国では周知の事実なのに、まさか攻撃を仕掛けてくるなんて……クロスボウの射程外まで進んだところで、ほっと一息つく。

「アレク、ログワーツの人々から何か不興でも買ってるの？」

「いや、僕は何もしてないよ」

「心当たりがないだけで実は……」

「誤解だよ！　信じてよ、ヴィオ」

王国騎士に反旗を翻すなんて、投獄されてもおかしくない罪状だ。なんの躊躇もなく攻撃してくるなんて、普通ならありえない。やはりこれは、ウンディーネ様の暴走の影響なのかしら。

そのままラオに乗って上空を進み、山の麓に他の民家より広い屋敷を見つけた。

「あのお屋敷がログワーツ伯爵邸じゃないかしら？」

「たぶんそうだね。とりあえずログワーツ伯爵に話を聞こう。ヴィオの妹のことも心配だし」

伯爵邸の庭に降り立つと、辺りはしんと静まりかえっており、まるで誰も住んでいないように思えた。古めかしい木造の屋敷を見上げ、思わず生唾を飲み込む。

「ありがとう、少し休んでて」とラオの頭を撫でるアレクの声が聞こえ、少しだけほっとした。

「キュルル！」と可愛い声で返事をしたラオは、すっとその場から姿を消した。

それからエントランスに移動して呼び鈴を鳴らすも、誰も出てくる様子がない。

「マリエッタ！　私よ、ヴィオラよ！」

呼びかけてみてもなんの反応もなかった。

「出かけているのかな？　それにしても使用人の一人も顔を出さないなんて、おかしいね」

「昼間からカーテンを閉めきっているのも不気味だわ……」

その時、カチャリと鍵を開ける音がした。中から姿を現したのは、リシャールだった。

「はい、どちら様ですか？」

「リシャール！　マリエッタは、マリエッタはどこにいるの？」

「ヴィオラ……と、アレクシス殿下……？　どうしてこちらに……？」

「いいから、マリエッタに会わせてちょうだい！」

「わかった。とりあえず中へ」

目の前の光景を見て、私は言葉を失った。

昼間なのに薄暗い屋内は陰気で、息が詰まるような閉塞感がある。

霊的な何かが出てきそうな雰囲気が恐ろしくて、先へ進むのに二の足を踏んだ。

「リカルド、カイル、レイス、君たちは共に中へ。残りの皆は外の警護を頼むよ」

「はっ、かしこまりました！」

分隊のメンバーに指示を出したあと中へ入ってきたアレクも、口には出さなかったもののひどく困惑した顔をしていた。

突然ギィ……と鳴り響く扉の開閉音に驚き、肩が大きく跳ねる。

前方では「こちらへどうぞ」と、リシャールが扉が閉まらないよう固定してくれていた。

エントランスで立ち尽くして動かない私たちを、彼はじっと見つめている。そのどこか冷めた無機質な視線に、ぞわっと肌が粟立《あわだ》った。リシャール、昔と雰囲気が変わったわね。

「行こうか、ヴィオ」

優しく声をかけてくれたアレクを見て、なんとか平常心を取り戻す。

ええと頷き、奥へと足を踏み入れた。

手入れの行き届いてない室内は、歩く度に埃が舞う。腰掛けるよう促されたソファには、なぜか所々赤い染みがあって触れないよう浅く腰掛けた。

暖炉でバチバチと薪を燃やす音だけが異様に響いて聞こえる中、「マリエッタを呼んでくるよ」と言い残して、リシャールが部屋から出ていった。

「なんの血だろうね、これ……使用人の姿も見当たらないし、まさかこのソファに食わ……」

「縁起でもないこと言わないでちょうだい！」

「いやー怪奇事件でも起こりそうな雰囲気だからさ……冗談でも言ってないと怖いでしょ？」

だからってオカルトに寄せた冗談言うのはやめなさい、余計に怖くなるじゃない！

恨めしく思ってアレクを睨んでいたら扉が開き、「お姉様……！」とマリエッタが姿を現した。

赤い染みの付いたボロボロの作業着を身に纏う妹の姿を見て、さっと血の気が引いた。

「マリエッタ、怪我をしてるじゃない！　それにその姿……」

可愛いドレスを着て無邪気に笑っていた昔の面影は、微塵もなかった。

美しかったストレートの長い髪は軋み、ボサボサとしていた。

手入れの行き届いた陶器のように白い肌は荒れ果て、指先は傷だらけ。

あまりにも変わり果てた妹の姿を見て、私はショックで言葉を失ってしまった。

「お肉の解体作業をしてたんです。だから汚れてて、こんな姿でごめんなさい！」

はっとした様子で眉をひそめ謝るマリエッタを見て、私はソファから立ち上がると何も言わずにその身体を抱き締めた。

そんな言葉を言わせたかったんじゃないのよ……目頭が熱くなり、抱く腕に力が入る。すると不健康に痩せたその身体の細さに驚かされ、胸の奥に言いようのない怒りと悔しさが滲む。

あの時、嫌われてでもログワーツの生活についてもう少し言及しておくべきだった。

というより、お肉の解体って何よ？　なんで使用人が一人もいないのよ？

どう考えてもおかしいじゃない！

マリエッタはログワーツ伯爵家へ、多額の持参金を持って嫁いだはずよ。

この不便な地で生活に困らないようにと、お父様は支援金とは別に多額の持参金を包んでくださっていた。使用人を数人終身雇用しても痛くも痒くもない額を！

それなのに、環境すら整えてやらなかったリシャールに、私は心底腹が立った。

外套の内ポケットから傷薬を取り出し、手袋を外してマリエッタの荒れた指先に塗りながら、私はリシャールに話しかけた。

「ねぇ、リシャール。どうして妹がこんなにボロボロなのかしら？」

「マリエッタはログワーツ伯爵夫人としての務めを、懸命にこなしてくれているからだ」

「貴方は、マリエッタを必ず幸せにすると言ったわ。それは嘘だったの？」

「伯爵夫人として俺と共にこの地を治めているんだ。幸せに決まっているだろう？」

——バチン！

加減もできないくらい、気が付けば私はリシャールの頬を思いっきり平手打ちしていた。

「こんなにボロボロになってまで尽くしてるのに、どうして貴方は何もマリエッタに与えてあげないのよ！　これが真実の愛だって言うの？」

よその家門に口出すのは、お門違いだってわかってる。

それでも、リシャールを信じて嫁いでいったマリエッタが、あまりにも不憫に思えた。

これがリシャールにとっての真実の愛だっていうのなら、私は認めない。認めたくない！

切れた唇から流れた血を、リシャールは手の甲で拭った。

「リシャール様！」

心配そうにリシャールに寄り添うマリエッタの姿に、やるせない憤りを感じていた。

「マリエッタ、一緒に帰るわよ。ここにいても貴女は幸せになれない。私と一緒に……」

「帰りません！」

「どうして……」

「リシャール様は、私を命がけで助けてくださいました。だから今度は私が、リシャール様を助けたいんです！」

「マリエッタ……そこまでリシャールのことを……」

「伯爵夫人を、連れていく？　だめだ、許さない……！」

ギシリと歯を軋ませるリシャールの目付きが変わった。

鋭くこちらを睨み付けるリシャールに、マリエッタが目元に涙を滲ませながらすがり付いた。

「リシャール様、私はどこにも行きません！」

「この地をあの頃のように……、そのためには伯爵夫人が必要だ！」

「ここで貴方と一緒にログワーツのために尽力します！　だからどうか、気を確かに……っ！」

「くっ……マリエッタ、逃げろ……どうか、逃げてくれ……」

「嫌です、逃げません！」

頭を抱えるリシャールをなだめるように、マリエッタは必死に抱き締める。

なんだか様子がおかしいわね。

リシャールが釣った魚に餌はやらない最低男かのごとく、心変わりしてしまったのかと思っていたけれど、マリエッタを見つめる眼差しは昔と変わらないように見えた。

一体ここで、何が起きているの？

「このままでは、皆ウンディーネ様に……っ！」

なんとか理性を保とうと必死に耐えるリシャールの姿は、どう見ても普通ではない。

「マリエッタ、ここで一体何があったの？」

「お願いです、お姉様！　どうか神殿にご連絡を！　このままでは、リシャール様の身体がウンディーネ様に乗っ取られて……」

「余計なことを喋るな！」

激昂したリシャールがマリエッタの身体を突き飛ばした。

「マリエッタ！　大丈夫？」

床に倒れ込んだマリエッタに声をかけながら、ゆっくりと上体を起こすのを手伝う。

「私は大丈夫、です……どうかリシャール様を……っ！」

そう言い残して、私の腕の中でマリエッタは意識を失ってしまった。

「アレク、どうかマリエッタを安全な所へ！」

「わかった」

マリエッタを運びだそうとしたら「伯爵夫人を連れていくな！」と、リシャールがこちらへ襲いかかってきた。

私が避けたら無理やり連れていかれる。だめ、渡せない！

隠すようにマリエッタの身体を抱き締めた。

「危ない、ヴィオ……！　ヴァンフードル！」

黄色い閃光が走ってバチバチと音がする。雷を纏った突風がリシャールを吹き飛ばした。

どうやらアレクが魔法で庇ってくれたらしい。壁に打ち付けられたリシャールを、すかさずリカルド卿たちが取り押さえて拘束してくれた。

「くそっ！　はなせ！　伯爵夫人を連れていくな！」

「カイル、今のうちに彼女を安全な所へ」

「はっ、かしこまりました！」

カイル卿がマリエッタを横抱きにして運び出そうとしたら、リシャールが叫んだ。

「ダメだ、絶対にダメだ！　領民思いの伯爵と働き者の伯爵夫人。あの頃に、ユグドラシル様が好きだったあの頃に戻すには、必要なんだ！　それを邪魔する者は、許さない！」

理性を失ったようにそう叫ぶリシャールの青かった瞳が、赤黒く染まっていた。赤い瞳は魔族と関係のある証として、レクナード王国では忌み嫌われている。

「アレク、リシャールの目が……」

「どうやら魔族とも関係があるようだね。しかも厄介なことにこの様子だと、ウンディーネ様もすでに魔族の手に……」

ウンディーネ様の暴走に魔族が干渉しているせいで、操られているリシャールまでおかしくなってしまったのだろう。

「リーフ。ウンディーネ様の干渉、止めることできない？」

「やってみるよ」

拘束されたリシャールの頭に、リーフは手をかざす。

最初は暴れていたリシャールが大人しくなり、目に正気が戻った。

「どうやら彼は、ウンディーネの暴走した残留思念に従っていただけみたいだ。繋がった意識を切断しておいたけど、本人を止めないと意味がないよ」

「ウンディーネ様を捜さないといけないのね」

もしかして、領民たちが襲いかかってきたのも、ウンディーネ様の意思に従わされていたせいだったのかしら。

「俺は……一体……」

アレクがリシャールの拘束を解くよう指示を出して声をかけた。

「リシャール殿。ここで何があったのか、話してくれるかい？」

こちらを見上げ、リシャールは全てを悟ったような表情をして「わかりました」と頷いた。

「約十年前から父が、ウンディーネ様を騙して契約を破るようになりました。その二年後、真実を知り暴走したウンディーネ様を、両親は裏山の祠に封印してしまったんです」

「上級精霊を、封印だって⁉」

「領地を改革するためだと嘘をついて、不当に稀少種の動物を売却していたのです。そしてあろうことか得た利益で私腹を肥やし、精霊を拘束できる闇魔道具を購入していたんです」

頭が痛くなる悪事の数々じゃない。精霊との契約違反もだけど、違法の闇魔道具の取引まで。

魔族が作り出した闇魔道具は非人道的な効果をもたらす。

だからレクナード王国では製造も販売も使用も、接触すること自体禁止されている。

「暴走して八年間もそれを隠していたなんて、どうしてすぐに通報しなかったの？」

領地を離れて王立アカデミーに通っていた間、神殿に駆け込むくらいできただろうに。

「ログワーツでは、領主である伯爵の言葉が絶対的な権威を持っています。父が生きている限り、俺は誓約として命令されたことに逆らえませんでした」

「まさか……ここではまだあの禁断の誓約呪術を？」

驚くアレクに、リシャールは上着を脱いで背中を見せた。

彼の背中には古代文字で書かれた呪術の誓約印らしきものが刻んであった。

なんてひどいことを……誓約呪術は相手を従属化する禁忌の魔法。

その昔、奴隷制度があった頃に使われていた古代呪術の一種だ。

「ずっと昔から、ログワーツ伯爵家では生まれた子に、この誓約呪術をかけています。父の背中にも同じものがありました」

「今はもう効力を失っているように見えるけど、もしかして伯爵は……」

「父と母は雪崩に巻き込まれて亡くなりました。ウンディーネ様の放つ瘴気に取り込まれる前に、封印を解いて誠心誠意謝罪したのですが、俺の力不足でこのような結果に……誠に申し訳ありませんでした」

床にひれ伏し頭を垂れるリシャールの肩に手を置いて、アレクは顔を上げるよう促す。

「事情はある程度わかった。ウンディーネ様の所に、案内してもらえるかい？」

「はい、もちろんです」

リシャールに色々言いたいことはあったが、今はウンディーネ様の暴走を止めるほうが先だ。

その時、慌ただしくこちらに近付いてくる足音がして、ガチャンと激しく扉が開く。

「大変です、アレクシス様！　領民たちがこの屋敷に押し寄せています」

外で警備をしていた精霊騎士の一人が緊急事態を知らせに来た。

「領主様をお守りしろ……」

「俺たちの、領主様を……」

外からは領民たちの叫び声と、ドンドンと屋敷の外壁を叩く音が聞こえる。

「皆、どうかやめてくれ！」

リシャールが窓を開け領民たちに訴えるが、彼等の歩みは止まらない。

「取り戻すんだ、俺たちの領主様を……」

そのまま窓の外に引きずり出されそうになったリシャールを、リカルド卿が引っ張り上げ窓を閉めた。

「破られるのは時間の問題だね。リシャール殿、上の階から出られそうな窓はあるかい？」

「屋根裏部屋に、屋根に登れる雪掻き用の天窓があります」

「案内してもらえるかい？」

「かしこまりました」

リシャールの案内のもと、二階から屋根裏部屋へ移動する。

途中でマリエッタをベッドに休ませ、護衛としてカイル卿に残ってもらった。分隊メンバーの中では、彼が一番防御魔法の扱いに手慣れているらしい。

危険な場所へ連れていくわけにはいかないし、領民たちの目的はリシャールだ。彼を連れていけば、領民たちもこちらに付いてくると踏んでのことだった。

手袋を装着し直して、梯子を登りなんとか天窓から屋根の上に到着した。

「ヴィオ、滑りやすいから足元気を付けてね」

「ここから落ちたら……」

「もれなくあの中に引きずり込まれるね」

屋根から庭を見下ろすと、建物が見事に領民たちに囲まれている。

こちらへ向かって一心不乱に手を伸ばす人々の姿に、背筋がぞっとした。

「お、恐ろしいこと言わないでよ！」

まぁ、予想どおり領民たちの気をこちらに向けられたのはいいことだわ。

室内で休ませてきたマリエッタの安全に繋がるわけだし！

思考をプラスに変えて恐怖心を紛らわせていると、私の震える手を何かが包み込んだ。

「大丈夫。ヴィオは僕が守るよ」

優しく微笑みかけてくるアレクのまぶしい笑顔に、不覚にも少しだけ胸がときめいた。

「あ……りがとう」

ぎゅっと握られた手が手袋の中で熱を持ち始め、いつの間にか震えは止まっていた。

「ここからはまた、空から行こう。いでよ、ラオ！」

アレクが左手を前に突き出すと、中指に嵌められた指輪が光りだす。

放たれた光が魔法陣となり、そこからラオが姿を現した。

「そうやってラオを呼び出すのね」

「うん。この指輪が僕とラオとの契約の証だからね」

お父様が言っていたわね。精霊騎士の最終試験は、精霊獣と契約を交わすこと。いくら魔力や剣の素質があっても、最終的に精霊獣と契約を交わせないと精霊騎士にはなれないって。

再び精霊獣に乗って、空からウンディーネ様のもとへ向かう。

リカルド卿がリシャールを共に乗せ、先導として前に立ち案内してくれた。

ログワーツ伯爵邸の裏にある、比較的平坦な山の中腹に建てられた小さな祠の前に降り立つ。

空はどんよりと曇り、雪が積もっているにもかかわらず、生暖かい風が頬を掠める感覚に不気味さを感じる。念のためにと、アレクにフードを被せられた。

『私の邪魔をするのは誰だ……！』

祠から底冷えするような女性の怒声が聞こえ、バタンと激しい音を立て扉が開く。

ボサボサに荒れ果てた青い長髪にくすんだ青白い肌。切れ長の赤黒く光る瞳の下にはひどいクマがある。大きな三叉の槍を持った精霊が姿を現した。

『ウンディーネ、目を覚ませ！　本来の目的を忘れ、なんたる体《てい》たらくをしておるのだ！』

必死に訴えかけるジン様を、ウンディーネ様はきつく睨み付ける。

『黙れ、風の若造風情が！　ユグドラシル様の身を危険にさらし、あまつさえ託された大事な御子さえ見失うとは！　貴様の犯した罪、私はしっかり覚えておるぞ！』

『それは……我の不徳の致すところだ。すまなかった……』

ウンディーネ様の怒りの哮《たけ》りに、ジン様は拳を強く握りしめ謝罪の言葉を口にした。

『どんな想いで、ユグドラシル様が私たちに記憶を託してくださったか……よもや、忘れたわけではあるまい！』

『片時も忘れたことなどない……！』

『貴様にそのようなこと、言う資格などあるものか！　まったく、人間も精霊もユグドラシル様のご遺志をことごとく裏切りおって！　この怒り、止められるものか！』

ジン様がウンディーネ様の気を逸らしている間に、手はずどおり少し遠くに降り立った精霊騎士たちが、祠を囲むように聖魔道具を設置して拘束結界の下準備をする。

終わったところで、アレクが呪文を唱えた。

「荒ぶる精霊よ、その怒りを鎮めたまえ！」

三つの光の輪が浮かび、ウンディーネ様の身体を締め付け拘束した。

『ぐっ！　こんなものに、屈するものか！』

腕を拘束していた光の輪が破られ、ウンディーネ様の叫びに応えるよう空から雨が降ってくる。

その雨は怒りと悲しみが混じりあって濁ったかのように、どす黒い色をしていた。

一面の雪景色を黒い粘着質な雨が覆い始め、木々がどんどん枯れていく。

「すまない、俺は……」

「どうしてあんなことを……」

まるで懺悔をするかのように、苦痛に顔を歪めて精霊騎士たちがその場にうずくまる。

フードを被っていなかった彼等の顔には、黒い雨が付着していた。

「アレク、この雨おかしいわ！」

耐水性のある外套のフードを被っていたおかげでなんとか防げてはいるが、この特殊な雨をどれだけ防げるかはわからない。

「ジン、雨を防ぐシールドを！」

『承知した』

ジン様が私たちの上空に風のシールドを作ってくださった。

『こざかしい真似を！　邪魔物は消えろ！』

ウンディーネ様は三叉の槍を天に掲げ、こちらへ振り下ろした。

ポツポツと降っていた黒い雨が途端に激しくなり、防ぎきれなかった雨粒が私の頬に付着する。

その瞬間、ぞくりと背中を氷のつららで撫でられたような悪寒が走り、底冷えするような深い悲しみに包まれた。

『お前が母上を殺したのか！』

脳裏に焼き付いて離れないお兄様の怒声が頭に響いてくる。

不整脈のように呼吸が乱れ、お母様が亡くなった時の出来事が走馬灯のように駆け巡った。

私が五歳の頃、体調が悪化したお母様は部屋から出ることもままならなくなった。

一緒に散歩した外の空気を少しでも味わってほしくて、お母様に元気になってほしくて、私は庭園で育てたお母様の大好きな花を一輪、花瓶にいけて持っていった。

『私が育てたブルースターだよ！』

お母様はブルースターに触れると、吸い寄せられるように鼻先を寄せた。

『ありがとう、ヴィオラ。とてもいい香りがするわ……っ！』

お母様の瞳にはうっすらと涙が滲んでいて、優しく微笑んで私の頭を撫でてくださった。

その翌日、お母様は帰らぬ人となった。

『母上の部屋に生花を飾ったのは誰だ！』

お兄様は、とても怒っていた。私が飾ったと伝えると鬼の形相でこう言われた。

『外から毒を運んできて、お前が母上を殺したのか！』

『お母様が喜ぶと思って……』

『飾ってあったのは全て造花だ！』

花が好きだったお母様の自室にはいつも、たくさんの花が飾られていた。

手の届かない所に飾られていたそれらが全て造花だったのだと、当時の私は知らなかった。

ひどく抵抗力が落ちたお母様の身体には、外の空気に触れることさえ毒になる。それでも花が好きなお母様のために用意されたのが、本物そっくりの造花だったのだとあとで知った。

サプライズでお母様を喜ばせようなんて考えて、花瓶を用意してくれた侍女には自分の部屋に飾るって嘘をついた。あの時正直に言っていれば、きっと止めてくれただろう。

私の愚かな行動が、お母様を死へと追いやった。

『くそっ！　こんなものさえなければ！』

ブルースターの花を床に投げ捨て踏み潰すお兄様に、私は謝ることしかできなかった。

『ごめんなさい……！』

謝っても、お母様は帰ってこない。私のせいで、お母様は……っ！


「ヴィオ！　しっかりするんだ、ヴィオ！」

「私が、お母様を……殺した……お花さえ、持っていかなければ……」

頭を抱えてうずくまる私を落ち着かせるように、アレクは私の身体を抱き寄せた。

「違う！　君は公爵夫人を殺したんじゃない、救ったんだ！」

「嘘よ。私が運んだ生花のせいで、抵抗力の落ちていたお母様の身体に負担をかけた……全て私が悪いのよ！」

「母上が言っていた。『ミネルヴァは昔から、とても花が好きだった』と。だから身体に障るからと好きなものを奪われ、造花に囲まれ過ごす日々が本当はつらかったと親友だった母上に手紙でこぼしていたんだ。だからこそ、君が贈った花は公爵夫人の心を救ったと、僕は思ってるよ」

「私がお母様の心を、救った……？　そんなのただの詭弁《きべん》だわ！」

たとえそうだとしても、私が家族から大切なお母様を奪ってしまったことに変わりはない。

あの時生花さえ持っていかなければ、お母様はもう少し長く生きられたかもしれないのに！

楽しそうに花を愛でるお母様を見て育った。食卓にはいつも美しく彩られた花が飾られ、お母様は私に色んな花の知識を教えてくれた。そのお話を聞くのが、大好きだった。

ブルースターは、お父様がプロポーズする時にお母様に贈った想い出の花。お母様とお父様にとって、幸せが詰まった大切な花だった。

だからこそお兄様に踏みにじられたブルースターの花を見て、心が痛むと同時に悔しかった。

お母様の大好きなお花を、こんな目に遭わせてしまったことが。

お兄様に、お母様の大好きだったものを心底嫌いにさせてしまったことが。

一つ一つ拾い集めながら、ごめんねと何度も謝った。お花に罪はない。

私のことは嫌っても、ブルースターのことだけは嫌いになってほしくなかった。

お兄様にブルースターの良さを少しでもわかってほしくて、花壇に種を蒔き一生懸命育てた。

けれどそんな私の身勝手なエゴは、お兄様の苛立ちを助長させるだけだった。

『懲りもせず、まだこんなことをやっているのか?』

怒った顔でこちらを睨みながら花壇の花を踏みにじるお兄様に、私はただ謝り続けることしかできなかった。

全ては取り返しのつかないことをしてしまった私のせいだ……黒い雨に心がじわじわと侵食されていく。呼びかけてくるアレクの声も、どんどん聞こえなくなっていく。

何も見えない。

何も聞こえない。

手を伸ばしても何もない。

全てを遮断された真っ黒な空間しかなくて、これが絶望なんだと思い知らされた。

――ピチャン
水滴が落ちる音が聞こえたあと、目の前でぴょこっと輝く新緑の芽が顔を出した。

植えた種が初めて発芽した時、とても嬉しかったわね。何日待っても芽を出さない種もあって、日当たりや水の量、気温なんかも大事だってお母様に教えてもらって何度も挑戦した。

懐かしい思い出に浸りながら、そっと双葉に触れてみる。

『目を覚まして、ヴィオ！　君は誰よりも命の大切さを知っている。そんな君に大切に育てられた植物たちは、いつも幸せそうだった』

この声は、リーフ？

私はただ……お母様の好きだったものを、大切にしたかった。

忘れたくなかった。もっと皆に知ってほしかった。

そうして触れれば触れるほど、私は植物の魅力にのめり込んでいった。

『あの時僕の命を繋いでくれたのは、紛れもなく君が大切に育てた庭園の植物たちだ。彼等の放つ生命力が、僕に力を与え回復させてくれた。だから今度は、僕が君を助けてみせる！』

助けられたのは、私のほうだよ。

お兄様に疎まれ続け、それでも花壇の手入れを続けてもいいのか悩んでいた。

そんな時にリーフと出会って、堂々と植物に触れてもいい理由を手に入れた。

貴方が友達になってくれたから、やりたいことをやっていいんだって幸せをもらったのよ。

『君の願いを、君の夢を、双葉に込めて！』

私の願いは、家族が幸せになってくれること。

お母様の分まで、家族の幸せを見届けなければいけないと思っていた。

それなのに、お兄様にお会いしてもうまく言葉すら交わせないし、マリエッタを守ると誓ったのにこんな状態になるまで気付かないし、お父様には未だ心配をかけ続けたままだ。

何一つうまくできていないのに、私はこんなところで何をやっているのかしら？

嘆いている暇があるなら、アレクみたいにまずは挑戦してみるべきだわ！

それに約束をしたもの。社交界の香り改革をしようって。多くの人に、お母様の好きだったものを知ってもらえる絶好の機会。諦めるわけにはいかないわ！

『うん、それでこそヴィオだね！』

私の想いに応えるように双葉がすくすくと育ち、やがてそれは大樹となった。

――パリン
大樹が黒い空間の天井を突き破り、日の光が差してくる。

「ヴィオ！　よかった、目を覚ましてくれて……！」

今にも泣きだしそうな顔で、アレクがこちらを見てくしゃりと笑った。

手を伸ばし、彼の目尻にたまった涙をそっと拭う。

「ありがとう、アレク。貴方がいてくれたから、私はいつも勇気をもらっていたわ」

私の手に自身の手を重ねたアレクは、愛おしそうに頬を擦り寄せた。

「ふふっ、くすぐったいわ。アレク、ウンディーネ様は……」

「拘束結界を強化して抑えてるよ」

上体を起こすと、増加した光の輪でウンディーネ様が簀巻《すまき》のように転がされていた。

「ジンが説得するって言うから控えめにしてたけど、最初からこうしてればよかったよ」

うわ……相変わらず本気出すと容赦ないわね……。

『ウンディーネは昔、聖母のように優しかったのだ……まさかあそこまで荒《すさ》んでいるなんて思わなかったのだ……すまない。我の力不足だ』

「どうか元気を出してください、ジン様」

ジン様にとってウンディーネ様は、同じ使命を受け共に頑張ってきた仲間みたいなものだろう。

平和的に話し合いで解決できるならそれが一番だろうしね。

「リーフ」

さっきから姿を見せないリーフが心配になって、名前を呼んだ。しかし彼は現れない。

『ヴィオ、こっちに……来て……』

導かれるようにリーフの声がするほうへ行くと、そこには黒い雨に汚染されていない一本の枯れ木があった。

『君と僕だけの約束の言葉を、唱えてほしい。そうすればきっと……僕の役割を、果たせる気がするんだ』

「わかったわ、リーフ」

枯れ木に両手を添えて、「メイユールアミィ」と約束の言葉を唱える。

するとめきめきと古い表皮が剥がれて輝きだし、みずみずしい幹が瞬く間に空まで伸びた。

枝には美しい薄紅色の花が咲き乱れ、空を覆い尽くすほどの大樹に成長した。

「これは……すごい……見事な雪見桜だね！」

空を見上げ、アレクが感嘆の声をもらす。

ひらひらと舞い降りてくる花びらが枯れてしまった木々を甦らせ、黒く染まった雪の地面を白銀の大地へと変えた。

不思議ね。温かなその花びらに触れていると、自然と心に希望がわいてくる。

『あぁ……ユグドラシル様……っ！』

花びらに触れた瞬間、ウンディーネ様が涙を流す。拘束が解かれ、ボロボロだった容姿が嘘のように、元の美しい姿を取り戻された。どうやら魔族の干渉も解けたようで、赤黒く染まっていた瞳がアクアマリンのように美しい青色へと変化した。

「ここで、何をしていたんだ？」

「俺たちはどうしてここに？」

うずくまっていた精霊騎士たちも目を覚まし、近くに迫っていた領民たちも、どうやら正気を取り戻したようだ。やがて大樹は姿を変え、私たちの前に現れた。

「よかった、なんとか成功して！　僕、すごーく頑張ったんだよ！　ヴィオ、ほめてほめて！」

満面の笑みを浮かべてはしゃぐリーフを見て、私はほっと胸を撫で下ろす。

「リーフ、本当にすごいわ！　皆を救ってくれてありがとう」

「ヴィオが力を貸してくれたから、できたんだよ」

「私が……？」

「愛の記憶を持たない僕に、君は色々な愛のあり方を教えてくれた。世界樹の力の源は愛。皆からもらった愛の力を世界に届けて、環境を整えるのが僕の役割みたいなんだ」

「世界樹の力の源が、愛……？」

「植物たちに注いでくれた愛もだけど、家族や友人、恋人、困った人たちに、君は様々な愛をもって接していた。そんな君を近くで見てきて、僕は愛の力の使い方を学んだんだ」

「その恋人ってところ、もう少し詳しく聞いても？」

アレクの質問に、リーフはにっこりと笑顔を浮かべて答えた。

「ヴィオはね、アレクのことが大好きなんだよ！　君の香水を作る時、いつにもまして楽しそうで……」

「リーフ！　余計なことを言わなくていいの！」

慌ててリーフの言葉を遮ったものの、ばっちりとアレクに聞かれてしまって恥ずかしいことこの上ない！

『あ、あの……』

その時、遠慮がちにウンディーネ様が声をかけてこられた。

『ご迷惑をおかけして、誠に申し訳ありませんでした』

深く頭を下げたあと、ウンディーネ様はリーフのほうをじっと見つめるも、なかなか言葉が出てこないようだった。

「ウンディーネ、どうしてあんなに怒っていたの？　君は誰よりも真面目に役割をこなしていたはずだよね？」

リーフに声をかけられ、ウンディーネ様の目の端にはじわりと涙が滲んでいく。

『私は……ユグドラシル様の愛されていた景色を、ただ守りたかったのです』

そこからゆっくりと、ウンディーネ様は当時のことを話してくださった。

年々厳しくなるログワーツの気候から人々を守るため、その地を見守る役目を与えられたこと。

しかしユグドラシル様の死後、唯一の跡継ぎであったリーフまで魔族に連れ去られ生存も絶望的だった。基盤を支える大精霊を失った大陸は、やがて滅ぶ。

精霊界は揉めに揉めたようで、新たな大精霊の誕生を待つもの、そのまま滅びを選ぶもの、少しでも長くこの大陸を維持するために頑張るものと意見が分かれたそうだ。

無念を抱きながらウンディーネ様は、ユグドラシル様の愛されていた景色だけはどうしても守りたいと大陸を維持することを選んだ。しかし年月が経つにつれ、ログワーツの領主は自然と共生することをやめ、少しずつ近代化を望むようになった。

山を切り開き、自然を壊していく姿を目の当たりにし、やめるよう訴えた。するとは今度は雪山に住む生き物たちを糧にするためでもなく、不当に捕獲し売却し始める暴挙に走り、とうとう我慢の限界が来た。

闇魔道具で拘束された瞬間その怒りは何倍にもはね上がり、ログワーツ領全体に呪詛を仕掛けた。人々がかつての生活を自ら営みたくなるようにと……。

『私が初めて契約を交わしたログワーツ伯爵は自然も人々も森で住む動物たちも大切にし、決して無駄な殺生をするような方ではありませんでした。糧とした動物たちの尊き命を弔うために毎年欠かさず慰霊祭を催し、自然と共生して生きていました。ユグドラシル様はそうして暮らす人々を愛し、見守っておられました』

ウンディーネ様のお話を静かに聞いていたリーフが、首をかしげながら尋ねた。

「だから君はその頃と同じ生活を、人々に強要していたってこと？」

『左様《さよう》でございます』

「ねぇ、ヴィオ。毎日同じ生活を強要される日々ってどうなの？」

「地獄ね。まるで囚人みたいだわ」

「アレクはどう思う？」

「息詰まるし、僕は自由が欲しいな」

「ジン、君は？」

アレクの後方を見上げ、リーフが尋ねた。

普通に話しかけてもらえたのが嬉しかったのか、ジン様がめちゃくちゃ破顔されている。

『ある程度の秩序を守ることは大切かと存じます。ですが我々精霊の役割はあくまで世界の均衡を保ち循環させること。同じことの繰り返しでは、その種は退化の一途を辿るのではないでしょうか』

「衰えていくのって嫌だよね。僕も進化できて嬉しかったし。少しずつできることが増えていくほうが楽しいな」

リーフの言葉にウンディーネ様はとても困惑した様子だ。

『で、では、私がやっていたことは……』

難しい問題ね。

あの原始的な生活をずっと今まで続けていたっていうことに、私は正直驚かされた。

暖を取るのも、料理をするのも、お風呂のお湯さえ薪を燃やして火を起こすって、とんでもない時間と労力が要る。薪を作る手間も保管する場所も取るし、運ぶのだって重労働だ。

生活に関しては魔道具をうまく使えば、もっと改善できただろう。空いた時間で別のこともできたはずだし。それらを全て使わずに生活しろって言われたら、確かに文化レベルは他領と開く一方でしょうね。

しかし、ウンディーネ様はユグドラシル様の意志を継いでおられる。それを守りたくてここまで頑張ってこられたわけで、それを否定することは誰もできなかった。

しんと静まりかえる中、ジン様が重たい口を開いた。

『ウンディーネ、ユグドラシル様は本当にその光景を、その生活を続けることを望まれていたと思うか？』

『どういう意味だ？』

『あの方は、少しずつ変わっていく変化を楽しまれていたように、我は思う』

ウンディーネ様は困惑した様子で、『少しずつ変わっていく変化？』と復唱した。

『人も動物も絶えず進化している。昨日できなかったことが明日にはできるかもしれないし、一年経ってもできないかもしれぬ。ユグドラシル様は、その努力の過程を楽しんで見ておられたように我は感じる』

『……っ、私は、なんということを……』

思い当たる節があるのか、ウンディーネ様はその場に膝から崩れ落ちた。

「君は君なりに自分の役割を全うしようと努力した。そこはすごく偉いと思うよ。でもこれからは、もう少し周りを見てほしいな」

リーフがキョロキョロと辺りを見回し、「例えば、彼！」とリシャールのほうに手を向けた。

どうやらリシャールも黒い雨にやられていたようで、心なしか顔色が悪い。

あの雨が過去の絶望を思い出させる雨なのだとしたら、彼の中にもまた人には言えなかった数々の絶望があったことだろう。背中にあんなものを刻まれていたくらいだし……。

リシャールはふらふらとした足取りでウンディーネ様のもとへ向かうと、地面に膝をついて頭を垂れた。

「ウンディーネ様。父が犯した数々の非礼、深くお詫び申し上げます。誠に、申し訳ありませんでした……っ！」

謝罪するリシャールに顔を上げるよう促し、ウンディーネ様は問いかけた。

『のう、リシャールよ。お主の父はなぜ、ホワイトラビットを売った？』

「最初は、領民を救うためでした。備蓄が足りず、このままではさらに厳しくなる冬を越せないと判断し、他領から食料や薪を買うためです。しかし工芸品を売った利益だけでは足りず、苦肉の策として父はホワイトラビットを……ですがその後はウンディーネ様もご存じのとおり、味をしめた両親は私腹を肥やすために繰り返すようになりました」

リシャールの言葉に時折相槌をうちながら、ウンディーネ様はさらに質問を続けた。

『お主たちにとって、ここでの暮らしは厳しかったのか？』

「必要な分だけ狩猟し保管して暮らす生活は、常に危険と隣り合わせです。狩猟中に怪我をし、猟師の数は減る一方で需要に対して供給が追い付いていませんでした。また厄災で保存食がダメになってしまったり、悪い保存状態の食事をとって体調を崩したりと、不測の事態が起きた時に挽回するのが難しくはありました。他領の力を借りようと思っても、開きすぎた文化レベルに足元を見られ、対等な取引もできませんでした」

ログワーツ伯爵家がなるべく格式高い家と縁談を結びたがっていたのは、他領との交易摩擦を防止するためだとお父様が仰っていたわね。

特産である工芸品や毛皮の加工品などを、他領に安く買い叩かれて困っている。

だから縁談が決まったあとは、動物図鑑を片手に毛皮の適正価格や工芸品の相場なんかを勉強したりしていた。

ログワーツ領の厳しい経済状況を少しでも改善して、少しは園芸を楽しめる環境を作る計画を私は密かに立てていたから。寒い地でしか育たない花も存在するし、一生地獄のまま生活するのはごめんだったしね。

「もしかすると両親が闇魔道具に手を出したのは、どうにかして失った権威を取り戻したかったのかもしれません」

『そこまで、追い詰めてしまったのじゃな。私の理想を押し付けるあまり、苦労をかけてすまなかった』

「ウンディーネ様のお力がなければ、我々の祖先はこの地で暮らすことさえできなかったことでしょう。こうしてログワーツの民たちが今もこの地で暮らせるのは、ウンディーネ様のご加護があったおかげです。本当にありがとうございます」

『お主は本当に真っ直ぐじゃな。供えてくれた白いヒメユリの花、嬉しかったぞ。感謝する』

こうして、なんとかウンディーネ様の暴走を止め、和解することができた。


後日、大神官ルーファス様と共にウィルフレッド様まで急ぎ駆け付けてこられて、ログワーツ伯爵家の処遇については王家預かりの案件となった。

魔族と関係の深い闇魔道具が絡んでくる案件は、下手に公にすることもできないらしく、それの製造、販売に携わった者全てを徹底的に調査し、取り締まる必要があるらしい。

ログワーツには秘密裏に調査部隊が派遣され、壊れた闇魔道具や誓約呪術に使われた道具や関連資料本などが押収された。

それと並行してアレクは代理領主としてログワーツに残り、領地の様子を視察しながら問題点を洗い出し、必要な支援計画を立てていた。

一人で全ての罪を背負おうとしたリシャールは、爵位を返上して処刑台に上がる覚悟をしていたようだけど、ウンディーネ様がそれをさせなかった。

『かの地を治める資格のある者はリシャールしかおらぬ。私はこの者と新たに契約し、かの地をより良く変えていくことを誓おう』

陛下の前で誓いを立て、ウンディーネ様が契約を交わしてくださったことで、リシャールの身の潔白が証明された。

上級精霊と新たな契約を交わせるのは、正しい心を持つ者だけ。

これまであったログワーツ領の悪習を全て改革していくことを条件に、リシャールは王家監視のもと、ログワーツ領の新たな当主として正式に任命され直した。

誓約呪術に支配されていたことを考慮され、陛下の与えた温情だとお父様が教えてくれた。

❈❈❈

あの事件から約一か月が経って、ようやく外出許可がおりたリシャールがマリエッタのお見舞いに来てくれたわけだけど――。

「あ、あの……どちら様ですか？」

目覚めたマリエッタは、リシャールの記憶を完全に失ってしまっていた。

ログワーツから保護して連れ帰ったマリエッタは当初、ひどく衰弱していた。

薬剤注射による普通の治療では意識が戻らず、お父様が陛下にお願いして王家専属のお医者様を呼んでくださった。

最新の魔法治療を併用して一週間が経った頃、ようやく目を覚ましてくれた。

「……お姉様？」

「よかった、マリエッタ。目覚めてくれて……っ！」

「私は……」と呟き、マリエッタは上体を起こそうとするが、うまく力が入らないのか苦痛に顔を歪めている。咄嗟に彼女の背中を支え、「無理しなくていいのよ」と声をかけながら起き上がるのを手伝った。

まだ意識が混濁しているようで、マリエッタはぼーっと部屋の様子を眺めている。

自身の着ているネグリジェの薄手の袖を触りながら、マリエッタが呟いた。

「寒く、ない……こんなに薄着なのに……寒く、ない……ここは……」

「ヒルシュタイン公爵邸よ。マリエッタ、何があったか覚えてる？」

「確か、とても寒いところにいました。でもどうしてそこにいたのか、わからないのです」

「そうなのね。まだ目覚めたばかりで記憶が混濁しているのよ。お医者様を呼んでくるわ」

お医者様の見立てでは、極度の疲労と衰弱、ストレスによる一時的な記憶障害だろうとのことだった。あれだけ過酷な場所で生活していたのだ。忘れたい気持ちもわかる。

きっと時間が解決してくれるだろうと思っていた。

身体のほうは少しずつ回復し、一か月も経つ頃には庭園を散歩したり、一緒にお茶を楽しんだりできるくらいには元気を取り戻してくれた。

しかしリシャールがお見舞いに来た時、事態は思っていたよりも深刻なものだということがわかった。

「マリエッタ、リシャールの外出許可が出たみたい。昼からお見舞いに来るって連絡来てたわ」

全ての審判が下るまで、王家お預かりの身となったリシャールは、自由に外出ができない。

そんな中でなんとか頼み込んで、お見舞いの許可を取ったのだろう。

マリエッタもきっと喜ぶだろうと思っていた。

「リシャールって、どなたですか？」

けれど返ってきた言葉はあまりにも予想外で、首をかしげながら尋ねてくるマリエッタの様子を見る限り、本当に誰かわかっていないように見えた。

「リシャール・ログワーツ伯爵は、マリエッタ、貴女の夫よ」

「私、結婚していたのですか？」

「ログワーツはとても寒いところで、そこで共に生活していたのよ」

「まったく、思い出せません……」

「ほら、リシャールの顔を見れば思い出せるかもしれないわ！」

「そうだといいのですが……」

不安を抱えながら昼を迎え、庭園でティータイムを楽しんでいた頃、リシャールを乗せた馬車が到着した。

騎士たちに護衛という名の監視をされながら現れたリシャールは、緊張した面持ちをしていた。

しかしマリエッタを見るなり、嬉しそうに破顔した彼は目に涙を浮かべて駆け寄ってくる。

「目を覚ましてくれて本当によかった。マリエッタ、色々すまなかった」

マリエッタの両手を握りしめ、嬉しそうに話しかけるリシャールとは対照的に――。

「あ、あの……どちら様ですか？」

いきなり手を取られたことに驚いたのか、マリエッタは若干怯えているように見えた。

「リシャールだ。リシャール・ログワーツ。マリエッタ、君の夫だ」

「貴方が……ごめんなさい。私、貴方のことを何も思い出せなくて……」

そう言って視線を逸らしたマリエッタを見て、リシャールは大きく目を見開くと、くしゃりと顔を歪めた。

「ほ、ほら！　学生時代、君はサポート部に所属して、よく騎士部の応援に来てくれただろう？　君の笑顔を見る度に、俺は……っ」

必死に笑顔を作り語りかけていたリシャールの顔には悲愴感が滲みだし、それでもなんとか表情を崩すまいと抵抗しているのか、泣き笑いのような表情になっていた。

そんな彼をまるで化け物に遭遇したような眼差しで見上げ、マリエッタは呼吸をするのも忘れたかのように、身体を硬直させている。

「そこまでよ、リシャール！」

顔を見れば思い出すなんて考えていた甘い自分を、激しく後悔した。

「喉乾いたでしょう？　とりあえずリシャールも席について、少し話でも……」

肩を落とし固まるリシャールに声をかけて席に促し、控えていたミリアに準備を頼みティータイムを仕切り直す。

とはいえマリエッタもリシャールもお互い何を話せばいいのかわからないようで、口を開いては閉じ、開いては閉じと沈黙ばかりが重くのし掛かる。

「そうだわ、折角だから二人の馴れ初めを聞きたいわ」

重たい空気を払拭したくて、咄嗟に私はそんなことを口走っていた。

距離を保った上で軽い話なら、大丈夫よね？

余計なお世話だったかもしれないと思っても、口にした言葉は取り消せない。

渡りに船と思ったのか、リシャールが大きく頷き、懐かしそうに目を細め語ってくれた。

「マリエッタとの出会いは、俺が王立アカデミーに転入してすぐのこと。階段から落ちそうになっていた彼女へ咄嗟に手を伸ばし、助けたのがきっかけだった」

へぇーそんな出会いだったのね。

「女性に触れたのはそれが初めてで、すっぽりと腕に収まるマリエッタの華奢さに正直驚いた。

そしてこちらを恥ずかしそうに見上げるマリエッタの可憐さに、思わず見惚れてしまった」

自分から蒔いた種だけど、私は何を聞かされているのかしら。

「どう？　マリエッタ。何か思い出し……」

リシャールから目を逸らすように俯き、マリエッタはカタカタと震えていた。

「どうしたの？　大丈夫？」

「わ、私は……」

この光景、昔見たことあるような……確か、セドリック！　あの糞野郎がマリエッタを自分好みの人形に仕立てようとしていた、あの忌まわしい事件の時よ！

もしかするとマリエッタはあのことがトラウマで、一方的に寄せられる好意に恐怖を抱くのかもしれない。

「大丈夫。リシャールはセドリックとは違うわ。貴女の嫌がることはしないはずよ。もししようものなら、今度はグーで殴ってやるから安心なさい」

「お姉様……！」

ぐっと握り拳を作って見せると、マリエッタは安心したようにほっと表情を緩めた。

「すまない、マリエッタ。君を怯えさせるつもりはなかったんだ」

私たちのやり取りを見て、リシャールは慌てて頭を下げた。

「私のほうこそ、思い出せなくてごめんなさい」

「大丈夫、焦る必要はないんだ。また好きになってもらえるよう、努力するから」

「リシャール様……」

「そうだ、まずは手紙から始めるのはどうだろう？　毎日、君宛に手紙を書くよ。気が向いた時にでも、返事をくれたら嬉しい」

どちらにせよマリエッタにはまだ療養が必要だし、ちょうどいいかもしれないわね。

それに手紙なら直接顔を会わせなくてすむ分、マリエッタの負担も少ないだろう。

「わかり、ました」と頷くマリエッタに、リシャールは慈しむような優しい笑みを浮かべて、「ありがとう」とお礼を述べた。

「コホッ、コホッ」とマリエッタが咳をもらし、リシャールは慌てて席を立つ。

心配してマリエッタに駆け寄るも、彼は伸ばしかけた手を、はっとした様子で引っ込めた。

「マリエッタ、そろそろ休んだほうがいいわ」

「お姉様、リシャール様、お話できて楽しかったです。それではお先に失礼します」

侍女に支えられて、マリエッタは室内へ戻った。

心配そうにその背中を見つめるリシャールに、私は声をかける。

「見てのとおり、マリエッタの身体はログワーツの過酷な環境には耐えられない。リシャール、これからどうするつもり？」

「もう二度とあんな苦労はさせない。ログワーツを、マリエッタが安全に暮らせる場所に変えていく。だからそれまでどうかマリエッタのことを、よろしく頼む……っ！」

リシャールの瞳には固い意志が宿っているように見えた。

「わかったわ。それなら、これをあげる」

私はポケットに忍ばせていたメモ紙をリシャールに渡した。

「これは……」

「マリエッタが子どもの頃に憧れていた理想の暮らしを、覚えてる限り箇条書きにしたものよ。いくつ叶えられるか貴方の覚悟、試させてもらおうじゃない」

「ああ、尽力しよう」

子どもの理想だから、非現実的なことがたくさん書かれているわけだけど、どこまで変わるか楽しみね。

❈❈❈

リシャールがログワーツ領へ戻って一週間が経った。

代理領主の引き継ぎを終えて、そろそろアレクが帰ってくる頃ね。

そんなことを考えながら温室の花壇の一角に視線を落とす。

季節外れに咲いた白いデイジーを見つめていると、リーフに声をかけられた。

「今年も植えたんだね。何か作るの？」

「ううん、これは観賞用よ。でももし何か作るなら……冠、かしら」

「かんむり？」と首をかしげるリーフに、わかりやすく言い直した。

「頭に被せるものよ。昔、家族でピクニックに行った時に、お兄様が私とマリエッタに作ってくれたことがあるの」

まだお母様が生きている頃に、家族みんなでお出かけしたことがある。お日様に向かって元気に咲いていたデイジーの花で、お兄様は幼い私たちに花の冠を作って被せてくれた。

「ヴィオのお兄様って……あの怖い人でしょ？」

「あら、覚えてるの？」

「ヴィオの育てた花壇、ぐちゃぐちゃにした」と口にして、リーフは悲しそうに目を伏せた。

「あーそうね。リーフの目には、そう映ってしまうわよね……」

お兄様が花を嫌いになってしまったのは、元はといえば私のせいだ。

「違うの？」

「私にとってお兄様は……」

なんて説明しようか言葉に詰まった時、温室の扉がガチャンと音を立てて開いた。

振り返ると、肩で呼吸をしながら息を切らせて立つアレクの姿があった。

「久しぶりね。おかえり、アレク」

「ヴィオ……！」

こちらを見て目に涙を浮かべたアレクは、なぜかそのまま両手を伸ばし私にすがり付いてきた。

首と背中を抱え込むように手を回され身動きが取れない。

「い、いきなり何よ？　苦しいんだけど……」

私の肩に顔を埋めたまま、アレクは動かない。

「あれは、嘘だったの……？」

掠れた声で絞り出すように問いかけられたアレクの質問の意味が、まったくわからない。

「あ、あれって何？」

「今までの婚約者は、ヴィオにとって特別ではないってこと……」

「いきなり何を言いだすの？」

「伯爵邸で僕、見ちゃったんだ。君がログワーツについて詳しく調べ上げたノートを……！」

「ああ、要らなくなったからマリエッタにあげたやつね。ていうか、よく私が書いたやつだって
わかったわね……」

「君の字体くらい、すぐわかるよ！」

ごめん、アレク。私は貴方の字体までは区別付かないわ。

「あんなに熱心に調べるほど、彼のことを……っ」

顔を上げたアレクは、そう言って悔しそうに唇を噛み締めていた。

「もしかして、リシャールのためにやったって思ってるの？」

「それ以外に何があるのさ！」

あまりにもアレクが予想外な勘違いをしているのがおかしくて、思わず肩が震えだす。

笑っちゃいけないと俯いて堪《こら》えたのがいけなかった。

アレクは私が動揺していると思ったのか、「ヴィオは誰にも渡さない！」と、また腕の中に閉じ込められてしまった。

「あはは！　そんなわけないじゃない！　落ち着いて、アレク。貴方が思ってるような理由じゃないわ」

彼の胸を押して距離を取るよう促す。腕を解いたアレクは、不安そうにこちらを見ている。

「想像してみてよ。一生を不便なところで暮らしていくのに、なんの対策もせず嫁いで苦労なんてしたくないわよ」

「それはそうかもしれないけど……」

「ログワーツでも雪が積もらない時期はあるわ。少しでも趣味を楽しむためには、専念できる環境作りが大事でしょ？」

「もしかして、あっちでも趣味を満喫するために……？」

「それ以外に何があるのよ」

誤解は解けたと思ったのに、アレクはまだ納得してないような視線を向けてくる。

「……だって戻ってくるなり彼は、君にもらったメモ紙を大事そうに眺めていたんだよ！」

「それはマリエッタの理想を箇条書きにして記したメモよ。リシャールの覚悟を試させてもらおうと思ってね」

「つまり、全部僕の勘違いってこと……？」

「ええ、そうよ」

「あぁ……よかった……」と気が抜けたように、アレクはその場にしゃがみ込んだ。

「この一か月と半月の間、本当に生きた心地がしなかったんだ……」

額を手で覆いながら湿っぽいため息をもらすアレクを見て、なんだか笑ってしまったことに少し罪悪感がわいてきた。

「アレク、これを見て」

左手をアレクに差し出して、薬指に嵌められた指輪を見せる。

「貴方と結婚するって約束したじゃない。私が勝手に約束を反故《ほご》にすると思ってるの？」

「勝手にはしないだろうけど、宣告してからなら可能性あるよね。ヴィオ、一度決めたら譲らないし……」

「はは……よくわかってるわね」

伊達《だて》に付き合いが長いだけ、たちが悪い。私の性格をよく熟知してるじゃない。

しかもこちらは経験者、婚約の解消の仕方はよくわかってるわ。

「僕ばっかりがヴィオのこと好きすぎるから。その愛の重さに耐えられなくなったら、君は離れてしまうんじゃないかって……ずっと不安だったんだ」

これはなかなか重症だわ。ログワーツでよほど思い詰めていたのね。

寒さのせいで心まで凍えてしまったのかしら?

私はアレクの前にしゃがみ込んで、同じ目線の高さでじっと彼の顔を観察する。

そっと手を伸ばして彼の頬を撫でると、瞬時に紅潮するその白い肌が、なんだか可愛く感じた。

長い睫の奥で不安そうに揺れる紫色の瞳が、潤んでいて綺麗だと思った。

わなわなと震える赤い唇の震えを止めてあげたくて、気が付くと吸い寄せられるようにキスをしていた。張り裂けそうなくらい、心臓がバクバクする。

「自分からこうしたいって思えるのは、貴方が初めてよ、アレク」

いつの間にか私の中で、彼の存在が大きく膨れ上がっていたらしい。

でも、悪い気はしなかった。怖いとも思わなかった。

むしろこの変化が心地よいとさえ思える。

「い、いま……ヴィオが、僕に……!」

友達のままだったらきっと、こんなに驚きながらも蕩けた顔で微笑むアレクを、間近で見ることはできなかっただろう。

「貴方が不安に思っているよりもずっと、私はアレクのこと好きよ。だからほら、もっと自信を持ちなさい」

立ち上がって手を差し伸べる。

アレクは私の顔と手を交互に見たあと、嬉しそうに私の手を掴んで立ち上がった。

その笑顔は昔を彷彿とさせる少年のように輝いていた。けれど――。

「ヴィオ、もういっかい！」

すぐ調子に乗るのも相変わらずね。

返答に困っていると、温室の外になぜかお父様の精霊獣グリフォンが着地する姿が見えた。

「今はやめておいたほうがいいわ」と言ったそばから温室の扉が開き、思わず苦笑がもれる。

「殿下！　婚前交渉など、言語道断です！」

突然現れたお父様を見て、「ジークフリード団長⁉」とアレクが驚きの声を上げる。

あの……お父様、精霊獣の私用は禁止されているはずですよね？

「生まれるの！　二人の愛の結晶が生まれるの！」

仁王立ちするお父様の後ろでは、リーフがばんざいしながら飛び回っていた。

姿が見えないと思ったら、お父様のところに行っていたのね。

「昔、ヴィオが絵本で読んでくれたよね。王子様とお姫様がキスすると、二人の愛の結晶が生まれるって！　僕嬉しくって、報告してきたよ！」

素晴らしい勘違いの相乗効果……絵本ってそうよね。婉曲的にしか描かれていないから、そうなっちゃうわよね。悪意がないだけに、怒ることもできないわ。

ほめてほめてと満面の笑みを浮かべるリーフの頭を、私はよしよしと撫でてあげる。

もう家族にも人見知りしなくなったその成長が、純粋に嬉しかった。

「言い訳は結構。覚悟はできてますよね？」と怖い顔で凄むお父様に、「誤解、誤解です！」と叫ぶアレク。そんな彼等の後ろでは――。

『久方ぶりだな、ジン。稽古をつけてやろう』

『イフリート様……その胸、お借りいたします』

上級精霊同士のバトルまで始まろうとしていた。なんなのよ、この状況！

「とりあえず皆さん、騒ぐなら外でお願いします」

温室を壊されたら堪ったものじゃないわ。

「ひどいよ、ヴィオ！」

そう言って捨てられた子犬のような視線を向けてくるアレクに、私はこっそりと耳打ちする。

「お父様に認めてもらえたら、もう一回してあげる」

こちらを見てにっこりと口角を上げた彼は、「その言葉、覚えてなよ！」って悪役みたいな台詞を残して、意気揚々と自分から出ていった。

なんとか温室の平和は守られたわね。

ほっと一息つくと、デイジーの花壇をじっと見つめていたリーフが、振り返って尋ねてきた。

「ヴィオ、お兄様と仲直り……したい？」

「そうね。いつかはきちんとお話できるように、なりたいわ」

「だったら一緒に作ろうよ、仲直りするためのプレゼント！　そして祝ってもらおう、二人の愛の結晶を！」

若干語弊が混じってるけど、将来的にそんな未来が訪れたらきっと幸せだろう。

フレグランス専門店「フェリーチェ」は、香りでお客様を幸せにするお店。

家族も幸せにできないのに、そんなお店を作れるとは到底思えない。

「そうね。私、頑張るわ！」


希望を胸に抱き、今日も私は趣味を満喫する。大切な人たちが後押《あとお》しして認めてくれた、この調香を通していつか、【幸せな未来の仕掛人】になれるように……！

番外編

友情の証

十四歳を迎える年の春、私は王城で開催される園遊会に来ていた。

「あら、ヴィオラ様。また婚約を解消されたんですってね」

「しかも妹君にまた奪われたってお聞きしたのですが、心中お察ししますわ」

二番目の婚約者レイザーと婚約を解消して初めて参加した行事は、正直居心地が悪い。

それでもここへ来た理由は一つ。

今日だけ一般公開されている宮廷庭師の育てた庭園を、心置きなく眺めて満喫するため！

「お気遣いいただきありがとうございます。ところであちらのほうが少し騒がしいようですね」

彼女たちの後方に視線を向けて、話を逸らす。振り返った彼女たちは「まぁ！」「アレクシス殿下よ！」と嬉しそうな声を上げて「失礼しますわ！」と足早に去っていった。

彫刻像みたいなイケメンがいると、便利ね。面倒なご令嬢たちを綺麗に吸い寄せてくれるわ！

もとから囲まれてたんだし、二人くらい増えても問題ないわよね？

それから一通り社交辞令としての挨拶を済ませた私は、メイン会場を抜け出した。鑑賞用の散歩道をゆっくりと歩きながら、美しく咲き誇る色とりどりのチューリップを眺める。

「さすがは王城、とても優秀な宮廷庭師がいるのね」

その場に屈んでチューリップの甘い香りを楽しんでいると、後ろから声をかけられた。

「ここにいたんだね、ヴィオ」

振り返ると、額に軽く汗を滲ませたアレクの姿がある。

きょろきょろと辺りを見回して人がいないことを確認して、私は口を開いた。

「こんなところで声をかけてくるなんて、どうしたの？　もし誰かに見られたら……」

「ヴィオに見せたいものがあるんだ、一緒に来て」

王城でアレクと一緒にいるところなんて誰かに見られて、あらぬ誤解を受けると面倒だ。

差し出された手を握ってもいいのか迷っていたら、「ほら、早くしないと兄上が！」と言って慌てるアレクにぐいっと手首を掴まれ立たされた。

兄上がという物騒な言葉を聞いてまさかと思った瞬間、「アレクシスー！」というウィルフレッド様の怒声が遠くから聞こえてくる。

そのまま意味もわからず走らされ、宮殿の裏側に着いたところでようやく止まってくれた。

運動不足かしら、息一つ切らしていないアレクが恨めしいわね。

「今度は、なに、したのよ……」と、私は肩で呼吸をしながら尋ねた。

「これを拝借してきたんだ」

輝く特殊な銀細工の鍵を自慢げに見せてくるアレクを見て、とてつもなく嫌な予感がした。

「まさか、その鍵……」

「ロイヤルガーデンにご招待！」

アレクの後ろには頑丈に施錠された神々しい門がある。

自分が今立ち入っている場所が、王族にしか入れない場所だとそこでようやく気付いた。

「さすがにそれはまずいわ、返してきなさい！」

「ファントムリースが咲いたんだ。今日を逃すともう十年後にしか咲かないよ？　ヴィオ、見てみたいって言ってたでしょ？」

角度によって色が変わって見えるファントムリースは別名、幻の花とも言われている。

育てるのがとても難しく、ロイヤルガーデンでしかお目にかかれないとても希少な花だ。

でもそこに立ち入れるのは王族と特別な賓客、管理を任された限られた庭師だけ。

お父様みたいに名誉な功績を残して陛下に招かれない限り、貴族でも足を踏み入れることはできない特別な場所だ。

「確かに見たいけど、それとこれとは別よ！　私にはそんな資格ないわ」

「ヴィオは心配性だな～大丈夫、バレなければいいだけだよ」

「もうすでにバレてるじゃないの……」

「あー兄上にはアリバイ工作に役立ってもらってるんだ。今頃必死に、僕の影武者を追いかけてるんじゃないかな」

「影武者が捕まったらどうするのよ」

「大丈夫！　あっちにはジンがついてるから」

まったく、風の上級精霊であるジン様をそんなことに利用して……。

「相変わらず、悪知恵がよく働くわね」という私の皮肉に、「ふふっ、ありがとう」とアレクはにっこりと笑みを浮かべている。

そんなやり取りをしている間にもアレクはガチャガチャと解錠して門を開けてしまった。

「行きましょう、お嬢様」

アレクは悪魔のようにそう囁くと、わざと恭しくポーズを取り手を差し出してくる。

少し悩んだ末、誘惑に負けた私はその手をとって中へ足を踏み入れた。

藤の花のアーチを抜けると、幻想的なファントムリースが見事に咲き誇っていた。

ほんの少し瞬きをするだけで、違う世界を覗かせる。

その光景は息を呑むほど美しく、思わず感嘆のため息がもれた。

「すごいわ！　まるでおとぎの世界にいるみたい……！」

導かれるように足を進めて屈み、そっとファントムリースに触れてみる。

光の当たり加減で色が変化して見えるのだろうけど、本当に不思議ね。

「連れてきてくれてありがとう、アレク」

隣で鑑賞していたアレクにお礼を言うと、なぜか彼はこちらを見て、微笑みを浮かべながら泣きそうな顔をしていた。

「どうしたの……？」

「実はしばらく、アムール地方に行くことになったんだ」

話を聞くと、王位継承権を放棄するために陛下に出された任務のために行くのだという。

「――だから君の笑顔を、脳裏に焼き付けておきたくて」

「おおげさね、別に今生の別れってわけでもないでしょう」

「うん、そうだね……ヴィオ、任務を無事に終えたら君に言いたいことがあるんだ」

「なによもったいぶって、今言ったらいいじゃない」

「だめなんだ……今はまだ……」

困ったように眉根を寄せて笑うアレクは、どうやら白状する気はないようだ。

「よくわからないけど、それなら待ってるわ。だから頑張ってきなさい」

「約束だよ！　絶対に待っててね！」

どうしてアレクがこんなに必死なのかよくわからない。

しんみりするのが嫌で強がってみたけど、確かにさみしくなるわね。

「そうだ、出発前に一度会える？　あっちで気分転換できるように、何か作ってあげるわ」

「だったら、ヴィオがいつも使ってる香水が欲しい」

「……そんな趣味があったのね、意外だったわ。あ、安心して、別に私は偏見持たないから」

「なんか今……とんでもなく失礼な勘違いしてない？」

「き、きのせいよ」と言って視線を泳がせると、アレクに顔をじっと覗き込まれた。

「な、何ならドレスでも貸してあげようか？」と苦し紛れに聞いたら、「やっぱり！」と叫んで顔を青ざめさせたアレクは、なぜか身震いしている。

「ねぇ、ヴィオ。つまり君は、僕にどんな趣味があっても友達でいてくれるってことだよね？」

恐ろしいほど綺麗な笑顔でそう問われ、「ええ、道理に反してなければ」と頷いて答える。

時と場所さえわきまえてれば、秘密裏に女装するくらい手伝うわ。

さすがに第二王子がいきなり王女になったら、国が混乱するもの。

そこまで周囲の理解を得るには、きっと長い戦いになるだろう。

それでも本当にアレクが叶えたいんだったら、私も協力するわ！

「だったら……」と呟いたアレクは、なぜかそのままこちらに顔を寄せてきた。

咄嗟に目をつむると、前髪の上から額に柔らかくて温かなものが触れる。

目を開けると、ゆっくりと顔を離した彼が「友情の証。僕のこと、忘れないでね」と言って、顔を隠すようにしてそっぽを向いた。

い、今の……額にキスされた……⁉

額へのキスは友愛の証――それだけ私のことを大切な友達だと思ってくれてるのね。

照れくさく感じていると、耳を真っ赤に染めたアレクを見て、なぜか私の心は少しだけざわめいていた。

あとがき

初めまして、花宵と申します。このたびは数ある作品の中から、本作をお手にとって読んでいただき、誠にありがとうございます。

本作は「小説家になろう」に投稿している作品で、「第十一回ネット小説大賞」で小説賞をいただき、改題、加筆修正して刊行したものです。

真逆の令嬢姉妹の恋愛模様を、ウェブ読者様の反応を楽しみつつ、私自身も好きなことを詰め込んで楽しく書かせていただいた作品でした。

家族愛、友情、恋愛、歪んだ愛といろんな愛を詰め込んだ作品で、ヴィオラとマリエッタで見える世界がガラッと変わり、その違いなどもぜひ楽しんでいただければ幸いです。

最後に、ウェブ版で本作を知り応援してくださった読者の皆様、素敵なイラストで書籍を彩ってくださったイラストレーターの澄あゆみ様、刊行にご尽力いただいた担当編集様方、そして本作の製作や販売に携わってくださった多くの関係者様にも、心よりお礼申し上げます。本当にありがとうございました。

花宵

［ブシロードノベル］
訳あり令嬢は調香生活を満喫したい！　1
～妹に婚約者を譲ったら悪友王子に求婚されて、
香り改革を始めることに!?～

2025年2月7日　初版発行

著　者　花宵
イラスト　澄あゆみ　衣装デザイン　みんとずし
発行者　新福恭平
発行所　株式会社ブシロードワークス
〒164-0011　東京都中野区中央1-38-1 住友中野坂上ビル6階
https://bushiroad-works.com/contact/
（ブシロードワークスお問い合わせ）
発売元　株式会社KADOKAWA
〒102-8177　東京都千代田区富士見2-13-3
TEL：0570-002-008（ナビダイヤル）
印　刷　TOPPANクロレ株式会社
装　幀　AFTERGLOW
初　出　本書は「小説家になろう」に掲載された『妹に婚約者を譲って趣味に没頭していたら、悪友王子に求婚されました。その一方で、真実の愛を貫いた妹の様子が少しおかしいようです』を元に、改稿・改題したものです。
担当編集　芳之内理子　横森あゆみ
編集協力　須田房子（シュガーフォックス）

ISBN 978-4-04-899543-6 C0093